Tucholsky Wagner Zola Scott Sydow Freud Schlegel
Turgenev Wallace Fonatne
Twain Walther von der Vogelweide Fouqué Friedrich II. von Preußen
Weber Freiligrath Frey
Kant Ernst
Fechner Weiße Rose von Fallersleben Richthofen Frommel
Fichte Hölderlin
Engels Fielding Eichendorff Tacitus Dumas
Fehrs Faber Flaubert
Eliasberg Ebner Eschenbach
Feuerbach Maximilian I. von Habsburg Fock Zweig Vergil
Ewald Eliot
Goethe London
Mendelssohn Balzac Shakespeare Elisabeth von Österreich Dostojewski Ganghofer
Lichtenberg Rathenau Doyle Gjellerup
Trackl Stevenson Hambruch
Mommsen Tolstoi Lenz Hanrieder Droste-Hülshoff
Thoma von Arnim Hägele
Dach Verne Hauff Humboldt
Karrillon Reuter Rousseau Hagen Hauptmann Gautier
Garschin Defoe Baudelaire
Damaschke Descartes Hebbel
Hegel Kussmaul Herder
Wolfram von Eschenbach Dickens Schopenhauer Rilke George
Bronner Darwin Melville Grimm Jerome
Campe Horváth Aristoteles Bebel Proust
Bismarck Vigny Barlach Voltaire Federer Herodot
Gengenbach Heine
Storm Casanova Tersteegen Gilm Grillparzer Georgy
Chamberlain Lessing Langbein Gryphius
Brentano Lafontaine
Strachwitz Claudius Schiller Kralik Iffland Sokrates
Katharina II. von Rußland Bellamy Schilling
Gerstäcker Raabe Gibbon Tschechow
Löns Hesse Hoffmann Gogol Wilde Gleim Vulpius
Luther Heym Hofmannsthal Morgenstern
Klee Hölty Goedicke
Roth Heyse Klopstock Kleist
Luxemburg Puschkin Homer Mörike Musil
La Roche Horaz
Machiavelli Kierkegaard Kraft Kraus
Navarra Aurel Musset Moltke
Lamprecht Kind Kirchhoff Hugo
Nestroy Marie de France
Laotse Ipsen Liebknecht
Nietzsche Nansen Ringelnatz
Marx Lassalle Gorki Klett Leibniz
von Ossietzky May
vom Stein Lawrence Irving
Petalozzi Knigge
Platon Kafka
Sachs Pückler Michelangelo Kock
Poe Liebermann
de Sade Praetorius Mistral Zetkin

Der Verlag tredition aus Hamburg veröffentlicht in der Reihe **TREDITION CLASSICS** Werke aus mehr als zwei Jahrtausenden. Diese waren zu einem Großteil vergriffen oder nur noch antiquarisch erhältlich.

Symbolfigur für **TREDITION CLASSICS** ist Johannes Gutenberg (1400 — 1468), der Erfinder des Buchdrucks mit Metalllettern und der Druckerpresse.

Mit der Buchreihe **TREDITION CLASSICS** verfolgt tredition das Ziel, tausende Klassiker der Weltliteratur verschiedener Sprachen wieder als gedruckte Bücher aufzulegen – und das weltweit!

Die Buchreihe dient zur Bewahrung der Literatur und Förderung der Kultur. Sie trägt so dazu bei, dass viele tausend Werke nicht in Vergessenheit geraten.

Das Eulenzeichen

Otto Roquette

Impressum

Autor: Otto Roquette
Umschlagkonzept: toepferschumann, Berlin

Verlag: tredition GmbH, Hamburg
ISBN: 978-3-8424-1108-1
Printed in Germany

Otto Roquette – Von Heinrich Löbner.

»Als bei der schönen Säkularfeier der Universität Heidelberg 1886, wobei ich mit Versen und Prosa für die Festzeitung reichlich beigesteuert hatte, ich mir die Karten löste für die verschiedenen Abteilungen des Festes, wußten die Studenten, welche die Karten ausstellten, meinen Namen, den sie nie gehört zu haben schienen, nicht zu schreiben, und ich mußte ihnen denselben, Buchstaben für Buchstaben in die Feder diktieren. Das Fest brachte mir ein frohes Wiedersehen alter Kameraden aus der Studienzeit, die denn freilich meinen Namen kannten, aber doch eingestanden, daß sie, außer dem alten Rheingedicht (Waldmeisters Brautfahrt 1851), in der Zeit von fast vierzig Jahren nichts von meinen sonstigen Dichtungen gelesen hatten. Ich faßte das nicht mehr als besondere Enttäuschungen, denn ich war an viel gewöhnt, auch in meinen nächsten Umgebungen. Ich spreche es aber aus, um zu zeigen, daß ein sogenannter ›öffentlicher Name‹ gar nicht auf der allgemeinen Kenntnis dessen beruht, was den Namen zu einem öffentlichen gemacht hat.«

So berichtet *Otto Roquette* in dem schlichten, ehrlichen und liebenswürdigen Buche »Siebzig Jahre«, welches die Geschichte seines Lebens ausführlich und doch anspruchslos erzählt.

Ich bezweifle, ob es der überwiegenden Mehrzahl deutscher Bücherleser noch heute mit Roquette wesentlich besser geht als ihm selbst damals in Heidelberg. Er ist der liebenswürdige Sänger von Waldmeisters Brautfahrt, etwas anderes zu sein hat ihn das deutsche Publikum nicht gestatten wollen. »Spätere Werke, auf die ich selbst etwas gab, weil sie aus meinem innersten Wesen geflossen, wurden entweder übersehen oder kühl beiseite geschoben,« sagt er selbst. »Weil ich einmal in meiner Jugend in der Stimmung war, heiter zu singen, und man sich davon angesprochen fühlte, sollte ich nur dies Eine können, wollte man nichts anderes hören, behauptete man, daß ich nichts anderes können *könne*, stellte man fest, daß ich nichts anderes können *dürfe*. Glücklicherweise kümmerte ich mich niemals um das Publikum und trieb, was mir inneres Bedürfnis war, das Werk mochte gut oder schlecht ausfallen. In letzterem Falle war ich der erste, es zu verurteilen. Sehr viel habe ich, wenn es fertig war, in den Ofen gesteckt und verbrannt, bei sehr viel anderem ist mir freilich die Unzulänglichkeit erst klar geworden, als es gedruckt vorlag, und durch ein Brandopfer nichts mehr zu bessern war.«

Ich habe diese Geständnisse und Betrachtungen Roquettes hierher gesetzt, weil sie am besten sein eigenartiges Geschick in unserer Literaturgeschichte und zugleich seine Persönlichkeit beleuchten. Er hat sich tapfer durch ununterbrochenes Weiterschaffen gewehrt gegen unfreiwillige Festlegung auf den Typus des Maibowlendichters, er hat auch durch das Abgleiten seiner späteren Werke an der Gleichgültigkeit des Publikums sich nicht entmutigen oder verbittern lassen, er hat nach dem Lorbeer des dramatischen Dichters mit einer gewissen leidenschaftlichen Energie gerungen und als Erzähler in Vers und mehr noch in Prosa sich schließlich doch ein gewisses Stammpublikum erobert, von dessen weiter Verbreitung er vielleicht doch nicht in vollem Umfang Kunde hatte: die besseren seiner immerhin ungleich geratenen Novellen- und Romanbände in den Leihbibliotheken zeichnen sich durch eine für den Verfasser erfreuliche Zerlesenheit aus. Und darum gehört er mit dieser Seite seiner schriftstellerischen Tätigkeit auch in die »Volksbücherei«.

Die Literaturgeschichten stellen ihn in die Nähe der Münchener Dichter, auch reihen sie ihn etwa an Putlitz, Redwitz, von dem ihn übrigens jeder Mangel an Pose vorteilhaft unterscheidet, so nah die ziemlich gleichzeitige Wirkung von Amaranth und Waldmeisters Brautfahrt die beiden eine Zeitlang zusammenrückte, und etwa an Wolfgang Müller von Königswinter: Talente, denen der Formtrieb eine wesentliche Schaffensbedingung bedeutete, für die literarische Einflüsse zuweilen wohl größere Wichtigkeit erlangten als innerpoetische, stillere Naturen mit einer Neigung zu idyllischer Lebensauffassung, von denen Roquette sich jedoch durch das Streben auszeichnet, die ganze Weite des Lebens und manche Tiefe desselben in seine Darstellung hineinzuziehen, wenn ihm auch ein versöhnender Zug als grundbestimmend zu eigen blieb. Seine Silhouette als Dichter ist nicht gerade scharf oder frappierend, aber wer sie genau betrachtet, dem wird sie zum Charakterbild. –

Roquettes Familie stammt aus dem südlichen Frankreich und wanderte, durch das Edikt von Nantes vertrieben, in Deutschland ein, und zwar der Ahn des Dichters, Jacques Roquette 1698 in Strasburg i. U. Der Großvater war Pfarrer der reformierten Gemeinde in Frankfurt a. O., der Vater Jurist, dessen Gattin aus einer der Berliner französischen Kolonie angehörenden Familie stammte. So fließt von Vater und Mutter her französisches Blut in den Adern Roquettes; und wenn auch die Familien völlig eingedeutscht waren, so möchte man doch die leichte Anmut der Sprachbehandlung und die Fabulierlust des Dichters auf Rechnung des Blutes setzen. Beide Eltern waren poetisch begabt und tätig, die Mutter als geistvolle schnellfertige Gelegenheitsdichterin bei allerlei Familienfesten, der Vater als Verfasser eines, freilich im Pult gehüteten Romans in der Manier seines angebeteten Vorbildes Jean Paul.

Am 19. April 1824 wurde Otto Roquette zu Krotoschin (Prov. Posen) geboren. Die Nachtigallen schlugen in der Nacht besonders laut, des Neugeborenen erste Nahrung, weil er die herkömmliche einstweilen verschmähte, war ein Tropfen Rheinwein: so hielt der künftige Dichter von Waldmeisters Brautfahrt stilgemäß seinen Einzug in diese nüchterne Welt. Der Vater wurde bald als Justizkommissarius (heute sagen wir »Rechtsanwalt«) nach Gnesen versetzt und von da nach Bromberg, wo er durch glänzende Praxis bald in die Lage versetzt wurde, ein großes Haus zu machen und eine ausgedehnte Geselligkeit zu pflegen. Die Nachwirkungen derartiger Jugendeindrücke sind überall in Roquettes späteren Werken zu spüren, in seinen Erzählungen kehrt die Schilderung eines so erweiterten Familienlebens mit Musik und Theater, Tanz und Poesie, Ausflügen und geistiger wie künstlerischer Anregung häufig wieder. Ein lokales Heimatgefühl wurde weniger entwickelt, wohl aber ein starkes Familiengefühl, insofern die Refugiés, mochten sie nun in Berlin oder Frankfurt oder Bromberg sitzen, sich als eine Familie betrachteten. Auch die Bevormundung durch solche Familienrücksichten oder -vorurteile – poetische Betätigung als Lebensberuf war verpönt – gehört zu den Jugenderfahrungen des Dichters, und auch sie kehrt in seinen späteren Erzählungen vielfach als Motiv wieder.

So konnte eine besondere landschaftliche Eigenart, auf die wir heute soviel Gewicht legen, in Roquette nicht entwickelt werden; seine innerpoetische Heimat sind seine literarischen Jugendeindrücke, und die weisen neben den Klassikern, vor allem Schiller, auf die Romantik und ihre Ausläufer: auf Fouqué, Oehlenschläger,

Houwald, E. T. A. Hoffmann, auch auf Körner, Hauff, Scott, Jean Paul.

Eine Schulkatastrophe, in den gänzlich verrotteten Verhältnissen des Bromberger Gymnasiums begründet, nötigte den Vater, seinen Sohn in die Obhut des Großvaters nach Frankfurt a. O. aufs Gymnasium zu geben, wo er einen tüchtigen Grund im Schulwissen legen konnte. Hier in Frankfurt schrieb er bereits ein Märchen nieder, das die Grundlage für sein späteres Rheingedicht werden sollte. Dem Familienbeschluß entgegen wandte er sich nicht dem Studium der Theologie zu, sondern ließ sich in Berlin bei der juristischen Fakultät einschreiben, die er bald, mit Zustimmung seines Vaters, mit der philosophischen vertauschte, d. h. er studierte Sprachen, Geschichte und Literatur.

Schon den Studenten beschäftigten dramatische Pläne, der Stoff seiner reifsten Dichtung »Gevatter Tod« trat ihm damals schon nahe. In Heidelberg ging ihm dann die ganze Herrlichkeit des Studentenlebens auf, »hier erst erwachte eigentlich seine Jünglingszeit«, wie er selbst sagt; das unbekümmerte frohe Genießen von Natur und Freundschaft, die Freude an Wandern, Wein und Lied schafft ihm die Stimmungsgrundlage für seine bekannte Jugendschöpfung.

Die Pariser Februarrevolution vertrieb ihn wieder nach Berlin, wo er den tollen Sommer von 1848 als Mitglied der Studentenwehr durchmachen mußte. Hier gewann er die Freundschaft Paul Heyses. Robert Prutz zog ihn nach Halle. Unter ihm promovierte er auch. Das Verhältnis zu dem vorwiegend politisch interessierten, in journalistische Kämpfe verwickelten Gelehrten und Schriftsteller konnte natürlich für einen instinktiv auf die Münchener Richtung lossteuernden Dichter wenig Förderung bringen. Von Halle aus sandte er sein Rheingedicht an Cotta, es wurde angenommen (1851), und der eben promovierte Doktor war mit einem Schlage ein berühmter Dichter. Er hatte einen Ton angeschlagen, der sofort Widerhall fand. Die unverwüstliche, unverfälschte Jugendstimmung entwaffnete die Kritik, die reine Lebensfreude und der Appell an alle die Grundgefühle, die dem deutschen Herzen immer als echt poetisch gegolten hatten, vorab der Jugend, verfehlte seine

Wirkung nicht in einer Zeit, der eine Ablenkung von allen politischen Sorgen und Verbitterungen willkommen sein mußte.

Von der nun folgenden Epoche hatte Roquette selbst in der Erinnerung den Eindruck, darin nicht recht vorwärts gekommen zu sein: die verschiedenen Ansätze zur Gewinnung einer sicheren äußeren Lebensstellung bedingten mehrfachen Ortswechsel und erzeugten einander durchkreuzende Interessen. Von *Berlin*, wo er zum »Tunnel über der Spree« in vorübergehende Beziehung trat, die ihn nicht befriedigte, ging er nach *Dresden* als Lehrer an das Blochmannsche Gymnasium. Hier kam er mit Berthold Auerbach in nähere Berührung. Durch den Tod des Vaters erhielten die anregenden Dresdener Jahre ein Ende. Er ging wieder nach Berlin, arbeitete an seiner Geschichte der deutschen Literatur, die neben dem Rheingedicht das bekannteste seiner Werke wurde und ihm schließlich auch seine äußere Existenz abschließend gründete: nachdem er in Berlin an der Kriegsakademie, später an der Gewerbeakademie als Dozent gewirkt, wurde er 1869 als ordentlicher Professor der Geschichte, Literatur und deutschen Sprache an das Polytechnikum in Darmstadt berufen. In dieser Stellung ist er, 1893 zum Geh. Hofrat ernannt, bis an seinen im Jahre 1896 erfolgten Tod tätig gewesen. Er selbst hat diese Zeit als die ertragreichste seines Lebens angesehen, er hat das schöne Geständnis von ihr ausgesprochen: er habe für sich im Alter Tage zu verzeichnen, bedeutender als sie das gepriesene Glück der Jugend zu geben vermochte, und die Enttäuschungen werfe er hinter sich als die Schlacken des Daseins.

Roquette hat sich in allen Dichtungsgattungen versucht. Der künstlerische Formtrieb in ihm war vielleicht stärker entwickelt als der, sich schaffend mit der Welt auseinanderzusetzen, wenngleich Erlebnisse und Erfahrungen reichlichen Niederschlag in seinen Werken, auch nach seinem eigenen Geständnis gefunden haben. Aber, bei aller herzlichsten Anteilnahme des Dichters an seinen eigenen Gestalten, bei der persönlichen Note, die aus seinen Werken, namentlich den erzählenden, in denen er sich breiter entfaltet, herausklingt: man behält doch bei den meisten den Eindruck, als gebe das Erlebnis für ihn doch vorwiegend nur Veranlassung zu der Frage: was läßt sich künstlerisch daraus gestalten? Und darum hat man ein Recht, ihn als Dichter der Münchener Gruppe beizugesellen, zumal seine Abhängigkeit von der literarischen Überlieferung seinem Schaffen von selbst gewisse Grenzen steckt. Er selbst ist sich darüber klar gewesen. »Ohne mich verbergen zu wollen,« sagt er in der Geschichte seines Lebens, »wußte ich mit den Gaben, welche die Natur mir verliehen hatte, in meiner Weise zu schalten, und ein glücklicher Instinkt hielt mich ab, nach Lebenszielen, die außerhalb meiner Befähigung lagen, oder gar nach einer Weltrolle zu ringen. Wenn aber selbst der mit aufrichtigem und ernstem Wollen Strebende auch wohl in Bahnen gerät, auf welchen er viel für sich erwartet hatte, um sich plötzlich auf einem Irrwege zu erkennen, so sind solche Erfahrungen auch mir nicht erspart geblieben. Ich habe dergleichen hart büßen müssen und mir nachher das Gebiet, für das ich geschaffen war, enger und enger abgesteckt. Nicht nach Ruhm und großem Namen habe ich gestrebt, sondern nach dem inneren Genügen, etwas Künstlerisches zu gestalten, meine Kunst mit meinen Mitteln zu entwickeln. Ich weiß, daß das meiste von dem, was ich geschaffen, weit hinter den Zielen, die ich mir ausersehen, geblieben ist, aber ich beklage nicht, mich an immer neuen Aufgaben versucht zu haben.«

Als lyrischer Dichter zeigt Roquette vor allem Temperament, Frische, Unmittelbarkeit und feinstes rhythmisches Gefühl. Seine Lieder kommen der Komposition gleichsam entgegen: nicht auffallend bei der entschieden musikalischen Veranlagung des Dichters, dem in der Jugend vielfach Lied und Weise zugleich entstanden. Mit den Liedern: »Weißt du noch« und »Noch ist die blühende goldene Zeit« wird er unter seinem Volke lebendig bleiben.

Sein Bemühen um das Drama hat er selbst höher veranschlagt, als wir geneigt sein werden im Vergleich zu seinem übrigen Schaffen zuzugeben. Liebenswürdigkeit und schalkhafter Humor ist seinen Lustspielen nicht abzusprechen, künstlerischer Ernst, Geschick im Aufbau, Herausarbeitung wirkungsvoller, echt dramatischer Szenen nicht seinen Dramen, auch ihre Bühnenfähigkeit ist in manchen Aufführungen erprobt worden: aber mich dünkt, ihnen fehle die innere Notwendigkeit und zugleich eine gewisse resolute Herzhaftigkeit, ohne die der Dramatiker nicht überzeugt. Sie sind mehr angewärmt als warm.

Dramatische Form hat er auch demjenigen Werke gegeben, in dem er die Schranken seiner Begabung zu durchbrechen und sich in das hohe Reich symbolischer Poesie hinaufzuschwingen suchte: es ist die schöne Dichtung »Gevatter Tod« (1873), einer seiner frühesten Entwürfe, von ihm selbst als ernstes Gegenstück zu Waldmeisters Brautfahrt betrachtet. »Das Leben und die Liebe überwindet die Schauer, der Tod selbst wirbt um Liebe, er will nicht der Allgehaßte sein, und er selbst erkennt alle Rechte des Lebens an.« »Es reift im Dasein dem allein Ein Leben, der im Herzen rein Glück, Liebe, Tod vermag zu tragen«, damit bezeichnet Roquette selbst die Grunderfahrung, welche die Dichtung in Bildern auseinanderfaltet, in die von dem Wesen des Dichters wohl am meisten hinübergeflossen ist. Leider behält Adolf Stern mit seinem Bedenken und Bedauern recht, daß es Roquette nicht gelungen ist, bei diesem persönlichsten Werke an dem Vorbilde von Goethes Faust vorbeizukommen.

Am selbständigsten erscheint Roquette als Epiker. Sein erzählendes Gedicht »Hans Haidekuckuck« 1855 (vierte Auflage 1894), in der Grundstimmung der romantischen Vagantenpoesie angehörend, zeigt echte Laune, realistisches Detail, nicht allgemein poetische Schablone, farbensatte Bilder aus der Reformationszeit, dem behäbigen Nürnberg und dem Leben »auf der Walze« von damals. In dem Buche steckt viel Gemüt, es streift auch die Tiefen des Lebens, ohne sie freilich um ihrer selbst willen zu enthüllen. Der Humor leuchtet erquicklich durch das ganze Gedicht, und die Gestalt Hans Sachsens ist so ganz Leben und so wenig verkörperte Literaturgeschichte, daß man an ihr Roquettes Dichterberuf schon allein erweisen könnte.

Unter den Romanen ist das »Buchstabierbuch der Leidenschaft« obenan zu stellen. Ich stehe nicht an, das Buch, trotz mancher konventionellen Züge für eine Perle unserer älteren Erzählungsliteratur zu erklären. Wie fein sind die Charaktere gegeneinander abgestuft, wie warm die Schilderung des Lebenskreises, in dem die wenigen Hauptpersonen des Romanes an ihrer Leidenschaft buchstabieren, wie köstlich der Humor in dem gegenseitigen Versteckspiel, in den eingefügten »Schwammbelustigungen« des alten Lehrers, wie treffend und konsequent auch die Schilderung der Selbstzerstörung durch die Leidenschaft in der immer noch sympathisch bleibenden Gestalt der Klotilde. – »Die Prophetenschule« ist ein tüchtiger historischer Roman aus der Biedermeierzeit, die dichterisch gar nicht so leicht zu treffen ist, »Im Hause der Väter« gibt ein ernstes Bild von Elternschuld und Sühne durch die Mächte des Lebens.

Die Novellen, über vierzig, sind verschieden geraten. In den ausgeführteren wie »Euphrosyne« und »Inga Svendson« begegnen prächtig gelungene Frauencharaktere, die Eigenleben zeigen, liebevolle Milieuschilderung und eine gewisse Ausschöpfung des Zuständlichen. Die kleineren streben nach Darstellung »eigentümlicher und in ihrer Art einziger Lebensvorgänge« (Ad. Stern), ohne nach Sensationen zu haschen; eine außerordentliche Fülle verschieden gearteter Menschen zieht an uns vorüber, der Dichter geht so wenig an der Romantik manches Lebens vorüber, wie er auch die Abgründe des Gemüts enthüllt, in beidem freilich auf eine gewisse mittlere Linie sich bescheidend und vielfach nach der Schablone arbeitend. Selbst Harmlosigkeiten werden anmutig dargeboten, auch sie haben, wie Roquette ausdrücklich betont, ihr ästhetisches Recht, zumal wenn sie so durch das Licht des Humors vergoldet werden wie etwa in der Geschichte »Das Paradies«. Die beiden Erzählungen des nachfolgenden Bandes »Das Eulenzeichen« und »Die Tage des Waldlebens« sind dem »Neuen Novellenbuch« von 1884 entnommen.

Roquette ist die nähere Bekanntschaft wert. In flauer Zeit hielt er sich als Mensch und als Schaffender tapfer; literarisch von der Überlieferung abhängig wird er doch in seinen besten Sachen so bald nicht veralten, weil hinter allem, was er schrieb, ein feiner Künstler steht und ein liebenswürdiger Mensch.

Das Eulenzeichen

Auf einer der höchsten Alpenstraßen, eingeschlossen von himmelhohen Granitmauern, mitten im Schneegestöber, standen zwei menschliche Gestalten von sonderbarem Aussehen, welche mit Aufmerksamkeit die nächste Felswand betrachteten und etwas daran zu suchen schienen. Der Mann trug einen Filzhut mit sehr breiter Krempe und hatte den Kragen seines langen Überziehrockes heraufgezogen, unbekümmert, daß die Strähnen seines grauen Haares hier und da hervorhingen und vom Winde zerzaust wurden. Erfüllte seine Tracht nichts von modischen Forderungen, so war die der weiblichen Gestalt neben ihm noch ungewöhnlicher und etwa ein Mittelding zwischen Soldatenmantel und Mönchsgewand zu nennen. Schlank und hoch aufgeschossen, hatte die Trägerin derselben die Kapuze über den Kopf gezogen, so dicht, daß von ihrem Gesicht kaum etwas zu erkennen war. Beide trugen ihr leichtes Reisegepäck an ledernen Riemen über die Schulter gehängt, und die verschiedenen Futterale, Kapseln und rätselhaften Gehäuse, welche noch selbständig um Hals und Gürtel befestigt hingen, dazu die langen Alpenstöcke, zeigten, daß sie alle Erfordernisse einer Fußwanderung kannten und darin geübt waren.

»Hier muß es aber doch sein! Es muß sich hier finden, sage ich!« rief der Mann, indem er unruhig an der Felswand hin und her lief und forschend hinaufblickte. Sie war von dem Schneegestöber von oben bis unten weiß überzogen und zeigte für ein gewöhnliches Auge nichts, was etwa besonders hatte auffallen können. »Wollen schon dahinter kommen!« fuhr der Mann fort. »Gib die Hacke her!« – Seine Begleiterin schnallte eine kleine Hacke von ihrem Gürtel ab, welche sie immer bei sich zu tragen schien, mit welcher der Mann die dünne Schneeschicht vom Felsen abzukratzen begann, so hoch sein Arm reichte. Die Brille fester setzend, näherte er sein Gesicht der Wand, hin und her gehend, prüfend, mit der Hand sogar den Unebenheiten des Gesteins nachfühlend. »Bindfaden!« rief er jetzt ungeduldiger, mit befehlendem Tone. Die Begleiterin reichte ihm aus ihrer Seitentasche ein Stück starker Hanfschnur und sah seinem Treiben gelassen zu. Er band die Hacke an seinen Stock fest und begann mit dadurch verlängerter Waffe an den höheren Breiten des Felsens schabend auf und nieder zu fahren. »Das Glas! Geschwind!«

kommandierte er. Das Mädchen kramte ihm zu lange in der Tasche nach dem Binokel, er stampfte mit den Füßen, riß es ihr aus der Hand und blickte durch dasselbe hinauf, während der Schneewind die Wand schon wieder mit einem weißen Überzuge bedeckte. Seine Heftigkeit steigerte sich, da er nichts entdeckte, und richtete sich, um an etwas auszutoben, gegen seine Begleiterin. »Und du stehst teilnahmlos dabei,« rief er, »als läge gar nichts an der Sache, während es von der höchsten Wichtigkeit ist, daß ich entdecke –«

»Du weißt, Vater,« entgegnete das Mädchen, »daß ich –«

»Daß du eine törichte Person bist! Das weiß ich!« fuhr der Alte auf. »Deinen Einwand habe ich dir zehnmal widerlegt, und hier muß ich sie finden oder nirgends!«

Da erscholl ein jugendlicher Gesang in der Nähe. Die beiden Vermummten wendeten sich überrascht um, und sahen durch den Schleier des Schneewirbels eine dritte Gestalt deutlicher werden. Ein junger Mann von studentischem Aussehen, das Ränzel auf dem Rücken, das Hütchen tief herabgezogen, kam heran und beeilte seine Schritte, als er die beiden anderen erblickte. Er stutzte über die seltsamen Erscheinungen, und da er sich ihren Aufenthalt an dieser Stelle, noch weniger die wunderliche Hellebarde des Alten erklären konnte, fragte er, ob ein Unglück geschehen, ob er einen Dienst leisten könne?

»Einen Dienst vielleicht!« sagte der Alte. »Sie haben junge Beine, und ich unterstütze sie. Versuchen Sie auf den Vorsprung dort zu klimmen und schaben Sie mit diesem Instrument den Schnee von der Wand oben!«

Der junge Mann sah den Alten verwundert an. »Den Vorsprung zu ersteigen, ist eine Kleinigkeit, zu der ich keiner Unterstützung bedarf,« sagte er. »Aber was soll denn dort unter dem Schnee zutage kommen?«

»Eine Inschrift!« entgegnete der Mann mit Sicherheit. »Eine lateinische Inschrift, in den Felsen gehauen, als Cäsar mit der zweiundzwanzigsten Legion den Marsch über diesen Paß machte.«

Der Jüngling stutzte und betrachtete den Alten mit prüfenden Blicken. Dann entgegnete er ebenso sicher: »Warum nicht gar! Die zweiundzwanzigste Legion hat einen ganz anderen Weg genommen!«

Die Kapuze flog plötzlich von dem Kopfe des Mädchens ein wenig zurück, und ein Blick triumphierender Genugtuung schoß dem kühnen Sprecher entgegen. Zugleich betrachteten zwei ernste Augen mit Verwunderung denjenigen, der sich befähigt glaubte, in so ernster Angelegenheit mitzusprechen. Der Alte aber fuhr ärgerlich herum: »Naseweises Dreinreden!« rief er. »Die zweiundzwanzigste Legion ist diese Straße gegangen, hat sie sogar erst gebahnt, und zur Erinnerung an die gewaltige, siegreiche Arbeit ließ Cäsar die Inschrift in den Felsen hauen!« Der Alte fügte einige lateinische Zitate hinzu, welche seine Meinung unwiderleglich bestätigen sollten.

Der junge Bursch aber, herausgefordert, fuhr ihm mit einem nicht minder entschiedenen » Quod non!« in die Rede: »Sie ist nicht hier gegangen, sie konnte gar nicht hier gehen!« rief er. »Eine Römerstraße führte allerdings hin über den Moro, aber erst in späterer Zeit, und verfiel bald wieder. Die zweiundzwanzigste Legion betrat zuerst –« und er bezeichnete den Weg, welchen sie einzig genommen haben konnte.

»Falsch! Nimmermehr!« schrie der Alte und sprach lateinisch in langen Sätzen, welche historische Belegstellen für seine Behauptung enthielten.

Der Jüngling hörte aufmerksamer zu, das Hütchen von der hohen Stirn trotzig zurückgeschoben, mit luftgeröteten Wangen, großen sprechenden Augen, und plötzlich rief er: »Verwechselung der Schriftstellen! Was Sie zitieren, steht im so und so vielten Buche (er gab die Zahl genau an) und bezieht sich auf die zehnte Legion, die aber auch nicht hier marschiert ist. Der Passus über die zweiundzwanzigste lautet –« und nun begann er sein lateinisches Zitat mit schulfest akademischem Wissen und im Tone jugendlicher Bestimmtheit vorzutragen.

Diese gelehrte Unterhaltung wurde zwischen schroffen Felsenwänden und im dichtesten Schneetreiben geführt, welches die drei Gestalten bereits mit einer weißen Hülle bedeckt hatte. – Der Alte schlug sich plötzlich vor den Kopf, er hatte seinen Mann gefunden und mußte seinen Irrtum einsehen. Berührte ihn dies im ersten Augenblicke sehr unangenehm, so blieb doch die Erscheinung sei-

nes jungen Besiegers, der sich so keck vor ihm aufpflanzte, nicht
ohne Eindruck auf ihn. Er kreuzte die Arme über der Brust, betrachtete ihn von oben bis unten und sagte: »Merkwürdig! Die da – er
wies auf das Mädchen – behauptete auch, daß ich auf falscher Fähr-
te sei. Beweisen konnte sie es freilich nicht.«

Ist die so gelehrt, dachte der junge Mann, indem er einen scheuen
Blick auf das Mädchen richtete. Der Alte aber fuhr fort: »Ein gutes
Zusammenfinden! Sie sind Philolog?« »Von philologischer Her-
kunft allerdings! Ich hoffe mich zum Historiker zu machen. Daß Sie
mich so gut über Cäsars Legionen und die Alpenstraßen beschlagen
finden, rührt daher, daß ich kürzlich eine Arbeit darüber gemacht,
welche – er mochte nicht sagen, daß er einen Preis und ein Reisesti-
pendium dafür gewonnen – nun, durch welche mir diese Dinge
eben geläufig geworden sind. Glauben Sie nicht,« setzte er lachend
hinzu, »daß ich auch über sonstige historische Heereszüge so genau
berichten könnte!«

In diesem Augenblicke brach die Augustsonne mit einem blen-
denden Strahlenglanze durch das Schneetreiben, ließ es zerflattern
und sog es auf, und goß hellere Farbentöne über die großartige
Felseneinsamkeit. Nun erkannte man erst, wo man sich befand.
Neben der zum Teil in das Gestein gesprengten Straße fiel senkrecht
die Schlucht ab, in deren Tiefe der Gebirgsstrom brauste; gegenüber
wieder Granitmauern, welche sich teilten. Eine Brücke, in einem
einzigen kühn geschwungenen Bogen, führte den Weg durch das
Seitental abwärts. Ein Schneehaupt im Sonnenglanz ragte in die
blaue Luft, Matten und Sennhütten wurden sichtbar. Der junge
Mann tat einen Jubelruf der Überraschung. »Wie schön! Wie herr-
lich!« rief er, indem er seinen Hut schwenkte, wie zur Begrüßung
des glänzenden Landschaftsbildes. »Sehen Sie dort! Ein Adler
schwebt durch die Luft! Möchte man nicht mit ihm fliegen durch all
die unendliche Schönheit!«

Das Mädchen hatte die Blicke ohne große Teilnahme dem geöff-
neten Bilde zugewendet, richtete sie aber schnell auf den jungen
Mann, um sie mit Verwunderung auf ihm verweilen zu lassen. Es
war, als befremdete es sie, daß man an einer Landschaft so viel
Schönes erblicken, oder mehr noch, daß jemand seiner Freude einen
so unbefangenen und lebhaften Ausdruck geben könne. Er machte

sie noch auf diese oder jene Einzelheit aufmerksam. Sie sah hin, blickte aber wieder in sein Gesicht, als hätte sie das, was sie in der Ferne beschauen sollte, eigentlich in seinen Zügen zu finden. Sie sagte kaum ein Wort, aber es ging etwas wie Überraschung durch ihre Mienen. Sie wendete sich ab und schob die Kapuze vollends zurück. Ihr Kopf erschien mit kurzgeschorenem Haupthaar, das Gesicht gar nicht schön, von blasser Farbe, mit einer scharf gekrümmten Nase und großen, etwas unheimlich blickenden Augen. – Der Alte aber betrachtete die Landschaft noch flüchtiger, mit um so größerem Anteil den in Kraft und Jugendglanz vor ihm stehenden Burschen, der halb kindlich, halb männlich selbstbewußt Rede und Antwort gab auf die ihm gestellten Fragen und die Reisegesellschaft willkommen zu heißen schien. Denn es stellte sich heraus, daß sie zunächst das gleiche Ziel hatten.

Die Sonne, fast auf der Mittagshöhe stehend, hatte den Schnee von den Kleidern der Reisenden schnell Vertrieben und übernahm nun auch das Geschäft, die Gewänder selbst zu trocknen. Während man auf der langsam sich senkenden Straße gemeinsam fortschritt, stellte sich der junge Mann seinen Gefährten vor als Franz Holmar und gab ohne Umstände über seine Reise und über sein Leben Auskunft. Wenn er dabei einiges bescheiden überging, so ist das in Kürze hier zu vervollständigen. Da seine Eltern früh gestorben, war der unbemittelte Knabe in Waisenhäusern erzogen worden. Aber begabt und zum Fleiße gewöhnt, hatte er mit siebzehn Jahren die Universität bezogen, um sich mit Stipendien und Unterrichtsstunden weiterzuhelfen. Mit einundzwanzig Jahren hatte er seine große Prüfung bereits bestanden, sogar eine Preisaufgabe gelöst, welche ihm die Mittel bot, zum erstenmal eine Reise zu machen. Er kam aus Oberitalien, war auf dem Heimwege durch die Schweiz, und zwar in dem Vollgefühle seiner Freiheit und mit reiner Empfänglichkeit für alles Schöne, das ihm um so schöner erschien, als ihm alles neu war.

Das Mädchen ging, während er redete und sich mit lustigen Bemerkungen oft selbst unterbrach, schweigend neben ihrem Vater her, nur selten, und immer scheuer, einen Blick auf den Erzähler wendend. Der Alte stellte sich dem Wandergefährten denn auch vor als Herrn Pistorius mit seiner Tochter Adelheid, fügte aber sonst nichts über seinen Stand und seine Lebensstellung hinzu. So muß die Geschichte selbst über ihn berichten.

Herr Pistorius war Gutsbesitzer, ohne etwas von Landwirtschaft zu verstehen oder sich darum bekümmern zu wollen. Von einem älteren Bruder, welcher früh starb, erbte er das Gut und ein sehr ansehnliches Vermögen zu einer Zeit, da er noch in seinen akademischen Studien war. Schon damals eine ungewöhnliche Sonderlingsnatur, setzte er seine Studien nun auf eigene Weise fort, und man sagte, daß es für ihn ein Glück sei, nicht für sich sorgen zu müssen, da er, wenn auch gelehrt, bei seiner Fahrigkeit und seinem konfusen Wesen es doch nie zu etwas gebracht haben würde. Das Gut verkaufte er und siedelte sich in einer Universitätsstadt an, um immer eine große Bibliothek zur Verfügung zu haben. Seine Grillen und Wunderlichkeiten wuchsen mit der Zeit und brachten ihn in den Leumund eines überstudierten oder halb verrückten Gelehrten. Aber da er reich war, fand er, obgleich in schon vorgerückten Jahren, auch eine Frau, die es mit ihm wagte, für ihn sorgte, ihm eine Tochter gab und, nachdem sie es zehn Jahre mit ihm ausgehalten, ihn sterbend beschwor, das Kind gut zu erziehen. Der Witwer und völlig ungebundene Privatgelehrte benutzte nun sein Vermögen, um seine Tochter zu erziehen. Es geschah in sehr umständlicher Weise. Denn die Reisen, welche er mit ihr, die noch im Kindesalter stand, zu ihrer Belehrung machte, oft in die entlegensten Gegenden, galten meist nur seinen eigenen Forschungen und lieferten fast kein anderes Resultat, als daß er selbst nun an einem Orte gewesen, wo einmal etwas Historisches sich begeben hatte. Als er seiner Tochter die Geschichte Griechenlands vortrug, kam er plötzlich zu der Überzeugung, daß es am besten sei, ihr das Schlachtfeld von Marathon selbst zu zeigen. Daß sich daran auch Thermopylä und Salamis schließen mußte, verstand sich dann von selbst. So wurde aufgepackt und nach Griechenland gereist, mit einem kleinen Koffer voll griechischer Autoren und möglichst geringem Handgepäck. Bei Gelegenheit von Cäsars Ermordung sprang ihm die Notwendigkeit in die Augen, mit seiner Tochter das Kapitol selbst zu untersuchen. Und als er sie in einem Buchladen, wo er sich lange verweilte, in Ossians Gefangen blätternd fand, leuchtete ihm ein, daß nicht nur die schottischen Hochlande zu betrachten, sondern auch die uralten Steingräber und *stonehenges* bei Salisbury und sonst, genauer zu durchforschen wären. So war Adelheid, welche ihr siebzehntes Lebensjahr noch nicht erreicht hatte, bereits in Griechenland und dem Orient, in Italien öfter, in England und Frankreich gewesen, um überall unterrichtet und erzogen, und zwar eigentlich nur zu einem bequemen Handwerkszeug ihres Vaters ausgebildet zu werden. Sie war im Lateinischen fester als mancher philologische Student, hatte mehr römische Historiker gelesen als deutsche; denn der Vater brauchte sie zum Bescheidwissen und raschen Nachschlagen, da er zu fahrig und ungeduldig war, um es selbst mit Glück zu tun. Er diktierte lieber, als er schrieb, und so brauchte er ihre Handschrift. Er wollte stets hundertfach bedient sein, und so wäre er ohne sie ein verlorener Mann gewesen. Für die gelehrte Ausbildung, welche Adelheid empfangen, und zwar immer auf Reisen, immer unstet, hatte sie aber alles opfern müssen, was sonst das Leben schön macht. Ohne Haus und Heimat, ohne Mädchenjugend, ohne weiblichen Verkehr, allen weiblichen Tätigkeiten und Neigungen gewaltsam entfremdet, führte sie in ihren blühendsten Jahren ein freudloses Dasein. Freilich kannte sie kein anderes. Obgleich immer auf den Sammelplätzen der großen Welt und unter vielen Menschen, hatte sie doch weder Welt noch Menschenkenntnis erlangt; da sie niemals in eigentlichem Verkehr gewesen, war sie ein Fremdling in den Kreisen des Lebens geblieben. Mußte sie sich doch sogar in ihrer Kleidung von allem entfernen, was man Mode oder gar kleidsame Tracht nennt, denn der Vater dachte sich selbst Reisegewänder für sie aus, die sie unbedingt anzulegen hatte. Mochten sie gegen Regen, Sturm und Hagel recht zweckmäßig eingerichtet sein, so waren sie selten angenehm, oft nicht einmal bequem zu tragen; denn was bei Hagelschlag und Schneesturm sich wohl eignete, war bei Staub und Hitze nicht immer gleich erträglich. Aber Adelheid kannte die Tyrannei des Vaters, sie wußte, daß dagegen nicht aufzukommen sei, und gewöhnte sich, unter Frauen eine Ausnahmestellung oder vielmehr eine Mittelstellung zwischen Mann und Frau einzunehmen. Daß sie nicht hübsch sei, wußte sie auch, denn alle Eitelkeit hatte die Erziehung ihr ausgetrieben. Gleichwohl war sie mit ihren großen ausdrucksvollen Zügen nicht eigentlich häßlich zu nennen. Erschien sie durch eine innere Anregung plötzlich belebt, dann konnte sie auffallen, ja verblüffen, daß man nicht zu sagen wußte, ob man sie für schön oder für unschön halten sollte, ihr Gesicht aber für geistvoll erklären mußte. Aber es war immer nur ein flüchtiges Aufleuchten, und wenn sie in ihr gewöhnliches düster beschattetes und brütendes Wesen zurückfiel, sah sie aus, als wollte sie nicht nur niemand gefallen, sondern als habe sie geradezu die Absicht, zu mißfallen und zurückzustoßen. Aber für das große Opfer an Jugend und Lebensfreuden war ihr doch hin und wieder eine Entschädigung geworden. Manches hatte sie sich an Kenntnissen erworben, meist neben dem zerstreuten Wesen des Vaters, der, wenn er in Büchern stöbernd von irgend einer Schrulle besessen war, auf sie nicht acht gab. Hauptsächlich aber empfing sie vielfache Anregung durch Anknüpfung mit wissenschaftlichen Berühmtheiten in ganz Europa. Denn Herr Pistorius unterließ nicht, sich überall den bedeutendsten Männern vorzustellen. Und diese, wenn sie vielleicht über den gelehrten Sonderling den Kopf schüttelten, gewannen Teilnahme für das merkwürdige junge Geschöpf an seiner Seite, und unterhielten sich gern mit dem halb geweckten, halb innerlich gedrückten und lebensscheuen Mädchen.

Heut' aber und in dieser Stunde, da sie mit den Männern zu Tale schritt, hatte Adelheid die grauesten Schatten über ihre Mienen gezogen; sie blickte kaum noch auf, aber ihr Gehör lauschte aufmerksam der klangvollen Stimme, welche munter plaudernd die Unterhaltung fortführte. Holmar war eigentlich der erste junge Mann, den sie in so unmittelbarer Nähe gesehen, mit dem sie sogar gesprochen hatte. Und dieser Jüngling, der das Leben von früh auf auch als einen Druck empfunden hatte, der jetzt auf gleichem gelehrten Gebiet mit dem Vater und ihr selbst verkehren konnte, der war jugendlich, lebensprühend und fröhlich, der hatte ein Aussehen – gar nicht wie andere, der lachte und scherzte zwischen Gesprächen über holländische und deutsche Ausgaben des Cicero und Horaz und trieb allerlei kleine Possen, als wären ihm Gelehrsamkeit und Druck des Lebens die gleichgültigsten Dinge von der Welt!

In ganz anderer Stimmung aber war Herr Pistorius. Während ihm sonst jeder, mit dem er unterwegs anknüpfte, nach fünf Minuten davonlief und seine Unterhaltung und Gesellschaft zu meiden suchte, fand er in Holmar einen jungen Gelehrten, der sich geistig ganz ebenbürtig mit ihm unterhielt und bereits eine Stunde mit ihm ausgehalten hatte. Das stimmte ihn glücklich. Gegensätze traten im Gespräch hervor, man stritt hartnäckig; das erhöhte nur die gute

Stimmung. Sprang Holmar einmal ab, um zu scherzen, so ließ der andere dies nicht nur der Jugend hingehen, sondern lachte laut auf, was Adelheid noch nie von ihrem Vater gehört hatte. Immer ließ Holmar doch wieder auf gelehrte Dinge zurück sich locken und in neuen Eifer bringen.

Endlich war man am Ziel, einem kleinem Orte in dem herrlichsten Alpentale, von Reisenden um diese Zeit meist überfüllt. Holmar verbarg sein Entzücken nicht und konnte nicht umhin, all der neuen Schönheit laut entgegenzusingen. Da die Wanderer zeitig eintrafen, fanden sie im Gasthofe ohne Schwierigkeit ein Unterkommen für die Nacht, und für die späte Speisestunde, die man hier hielt, auch noch Plätze an der Tafel. Da sie nicht darauf eingerichtet waren, die Kleidung zu wechseln, nahmen sie Platz, wie sie eben ankamen. Fiel das hier, wo man in den wunderlichsten Reiseanzügen durcheinander saß, nicht eben auf, so waren es doch die Persönlichkeiten, welche die Beobachtung vieler anzogen. Der Mann mit dem lang herabfallenden grauen Haar, dem starken, fast die Brust bedeckenden Barte, die in schwarzes Horn gefaßte Brille auf der Nase; neben ihm das Mädchen in ihrer schwer zu beschreibenden Manteltracht, das kurz geschorene Haupt erhoben und teilnahmlos wie über das Gewöhnlichste die Blicke auf die Gesellschaft richtend; dazu die prächtige Erscheinung des jungen Burschen, der sich überall durch Neues angeregt fühlte, lebhaft umherblickte und sich mit seiner Nachbarin munter zu unterhalten suchte; man hielt das Dreiblatt für zusammengehörig, für eine Familie, und wunderte sich doch über ihre auffallende Verschiedenartigkeit. Adelheid, die selten wo anders als an einem öffentlichen Wirtshaustische gespeist hatte, fühlte sich weder durch beobachtende Blicke noch durch auf sie gerichtete Augengläser mehr beeinträchtigt. Sie verstand sogar solche Blicke auszuhalten und mit scheinbar starrem Trotze zu erwidern, so daß der Beobachter die Augen eher abwendete als sie die ihren, und doch hatte sie kaum ein Bewußtsein davon. Die Menge der Menschen in solchen Stunden war ihr das Alltägliche, der einzelne darin für ihre Teilnahme nicht bedeutender als der Kleiderständer oder der Kellner, welcher sie bediente. Anders war es heute, da sie einen Tischnachbar hatte, der sich um sie bekümmerte. Zwar gesprächig wurde sie auch nicht, sie gab nur kurze Antwort, aber doch so, daß er verstand, wie sie auf die Unterhaltung einging und sich weder in der guten Laune noch im Gespräch gestört zu fühlen brauchte.

Die beiden jungen Leute waren sich darin um so mehr überlassen, als Herr Pistorius auch seinerseits einen Nachbar gefunden hatte, den er zu fesseln wußte. Er sprach Englisch mit ihm, da derselbe der deutschen Sprache nicht mächtig war. Dieser Nachbar stellte sich als ein Professor der Universität zu Edinburg heraus und schien auch ein auf gelehrtem Boden recht eigenartig gediehenes Geschöpf Gottes. Die Gelehrsamkeit bringt nicht nur in Deutschland, sondern auch bei den verwandten germanischen Nationen und ebenso in Frankreich und Italien menschliche Spielarten hervor, deren Vertreter meist eine gewisse Fühlung zueinander haben. Ob sie einander ergreifen oder abstoßen, das hängt oft nur von der Form der ersten Prüfung ab. Zwischen Herrn Pistorius und dem schottischen Original schienen die ersten Minuten für die Annäherung günstig zu sein. Beim Nachtisch waren sie in die Unterhaltung fest verflochten, und als man sich erhob, begaben sie sich in das Lesezimmer, um das angesponnene Thema weiter durchzusprechen.

Holmar und Adelheid gingen vor die Tür und setzten sich unter die Nußbäume. Dem jungen Mädchen fiel plötzlich eine Ode des Horaz ein, deren Anfang ihr auf die Lippen trat. Holmar fuhr darin fort, zum Zeichen philologischen Entgegenkommens. Und nun gerieten sie auf ein Unterhaltungsspiel, wie es im Angesicht der Eisgebirge von Reisenden selten getrieben werden mag. Sie prüften einander gleichsam auf Horazische Oden, indem eins dem anderen den Anfang irgend einer Strophe hinwarf und zur Fortsetzung aufforderte. Zehn Minuten lang wurde das Spiel mit aufregendem Eifer fortgesetzt, dann aber hielt es der junge Mann nicht mehr aus. »Nein, das ist zu toll!« rief er, indem er lachend aufsprang. »Sind wir in die Alpen gegangen, um mit dem alten ledernen Römer Fangball zu spielen? Kommen Sie mit, wenn Sie nicht zu müde sind! Von der Anhöhe dort muß die Aussicht auf das Tal wundervoll sein. Den alten Herrn lassen wir unten, er könnte den steilen Weg doch nicht zurücklegen. Ich will ihm sagen, daß wir allein gehen.«

Adelheid zögerte einen Augenblick, dann entgegnete sie: »Er geht mit. Er ist sehr rüstig,« Sie gab diesen Worten eine Betonung, aus der etwas wie Bitterkeit hervorklang. »Ich will ihn fragen!« fuhr sie schnell fort und ging nach dem Lesezimmer. Hier fand sie den Vater mit dem schottischen Herrn im Gespräch über normannische und angelsächsische Einwanderung so ineinander geraten wie Seekrebse, die sich mit Scheren und Ruderfüßen für den Augenblick unlösbar verwickelt haben. Kaum konnte sie die Worte dazwischen werfen: »Herr Holmar will mich nach einem Aussichtspunkte begleiten –.« Der Alte nickte nur und machte eine Handbewegung, ohne sich in der Rede zu unterbrechen; und Adelheid in rascher Überlegung, daß der schottische Herr möglicherweise in fünf Minuten davongehen könne, beeilte sich, ihrerseits die Füße zu brauchen und das Zimmer zu verlassen. Es war ein eigentümlicher Vorgang in ihr, ein Erwachen zum Parteinehmen für einen eigenen Wunsch, ein erstes geplantes Entschlüpfen aus der Macht eines fremden Willens. – »Gehen wir?« fragte Holmar, als er sie erregt zurückkommen sah. Sie nickte und eilte ihm fast voraus, die Straße unter den Nußbäumen entlang. Ihr war zumut wie einem Kinde, das davonläuft, um nicht sobald eingefangen zu werden, und es war ein wohliges Gefühl, einmal etwas zu wagen. – Der Weg ging eine halbe Stunde ansteigend, gegen das Ende wurde er steil und beschwerlich. Holmar wollte ihr an einigen Stellen die Hand reichen, sie unterstützen. Sie lehnte es ab, aber es freute sie, daß sich jemand aufmerksam gegen sie bezeigte. Sie war auch darin unverwöhnt. Auf der Platte des Vorsprungs angelangt, ließen sie sich auf Rasen und Moos nieder. Holmar mußte bei all der Naturschönheit, die ihn überraschte, seiner Freude Worte geben. Adelheid hatte dergleichen Landschaften viel gesehen, war aber nie von jemand aufmerksam gemacht worden, worin das Schöne liege, wie die Einzelnheiten sich zum Ganzen verhielten, welchen Wert Farbe und Luftstimmung brachten. Sie war darin unentwickelt wie ein Kind, dessen Auge noch nicht gelernt hat, die Natur zu sehen. Ihr junger Gefährte, ohne Absicht, etwas zu erklären oder sie zu belehren, setzte bei ihr den gleichen Genuß voraus, sie aber hörte von ihm Bezeichnungen, Bemerkungen, die sie wie Winke überraschten. Ihr Auge wurde gleichsam weiter und tiefer, schärfte sich und blickte forschender auf das, was ihm gefiel.

Plötzlich rief Holmar: »Da sind Alpenrosen! Die hol' ich!« Sie sah ihn davonspringen, einen Felsen erklettern und, auf schroffer Kante sich höher wagend, die Hand ausstrecken, um die Blumen zu erreichen. Das Herankommen schien schwieriger und gefährlicher. Ihr wurde bange, als sie ihn gleiten, rutschen sah – aber sie sagte nichts und verfolgte seinen Weg mit gespannten Blicken. Endlich tat er einen herzhaften Sprung und kam heil unten an. Mit gerötetem Gesicht und etwas verschobenen Kleidern überreichte er ihr den Strauß Alpenrosen. Adelheids Gesicht wurde von einer etwas lebhafteren Farbe überflogen, denn eine ganz unbekannte Genugtuung überraschte sie. Es hatte ihr jemand nicht ohne Gefahr einen Strauß vom Felsen geholt – ihr, dieser Adelheid Pistorius, der noch niemals Blumen geschenkt worden waren! Und das war nun ihr Eigentum, sie hielt es in der Hand, und es bewegte sie trotz der Freude in einer Weise, daß sie die Augen niederhalten mußte, denn sie fühlte, daß sie feucht wurden. – Holmar, der nichts davon gewahr wurde, ließ sich auf das Moos nieder, zog etwas aus der Tasche und sah sie lächelnd an. »Eins könnten Sie mir zur Belohnung erlauben!« begann er. »Darf ich eine Zigarre anzünden?« Adelheid gab nickend ihre Zustimmung. Ihr Vater rauchte nicht, und sie hatte niemals auf das Rauchen der Männer acht gegeben. Aber als sie jetzt zusah, wie Holmar seine Zigarre anzündete und die ersten Züge tat, fand sie, daß das Rauchen unter Umständen doch eine recht kleidsame Beschäftigung sei.

Das Gespräch lockerte sich ein wenig, und Holmar summte ab und zu ein Stück Melodie vor sich hin. »Singen Sie etwas!« sagte Adelheid. – »Wenn Sie große Musik gewöhnt sind,« entgegnete er munter, »dann fordern Sie mich lieber nicht auf.« – »Ich kenne fast gar keine Musik!« gab sie zurück. »Singen Sie das weiter, was Sie eben anfingen!« Es war ein einfaches Volkslied, und Holmar ließ es unbefangen und ohne Kunst bis zur letzten Strophe in die Weite klingen. Adelheid sah schweigend hinaus und blieb in regungslosem Schweigen, als er geendet hatte. Nach einer Weile begann er: »Sie sagen, daß Sie fast gar keine Musik kennen, und sind doch so weit in der Welt umher gewesen. Sie deuteten im Gespräch an, daß Sie in Paris waren, in Rom, Neapel, London. Haben Sie da niemals Musik gehört? Keine Oper? Kein Konzert?« Adelheid schüttelte den Kopf. »Immer nur auf der Flucht?« fuhr er fort. »Wie muß ich mir überhaupt Ihr Leben denken? Ich habe Ihnen von meinem einfachen Lebensgange gleich ehrlich Rechenschaft gegeben – ich will zwar nicht unbescheiden sein, aber ein bißchen könnten Sie mir von dem Ihrigen wohl mitteilen.«

Adelheid zögerte, plötzlich aber faßte sie sich ein Herz. Und so erzählte sie ihm, nur in den äußersten Umrissen, von ihrer Erziehung, ihren Studien und dem Leben mit dem Vater. Holmar geriet in Erstaunen. Ohne daß sie eine eigentliche Unbefriedigung ihres Daseins aussprach, erkannte er es doch als ein freudloses, und die innerlich verkümmerte Natur des Mädchens wurde ihm klar. Ein tiefes Mitleid erfüllte ihn, zugleich mit heftigem Groll gegen den Mann, der ihr eine Entwickelung wider alle Regel und menschliche Ordnung aufgedrungen hatte. Aber er scheute sich noch, seine Erregung in Worte zu sammeln, und blieb schweigend neben ihr sitzen. Da sprang Adelheid erschreckt auf. »Die Sonne ist untergegangen!« rief sie. »Wir haben noch ein Stück Weges. Der Vater wird längst ungeduldig sein!«

Holmar war beim Herabsteigen ernster, aber nur noch ritterlicher und zuvorkommender gegen seine Begleiterin. Auf gesenkter Straße kamen sie schneller nach dem Gasthofe, als sie erwartet hatten. Der Abend war nach Sonnenuntergang sehr kühl geworden, die Reisenden saßen im Saal in noch lebhaften Gruppen bei der Lampe. Die Ankömmlinge sahen Herrn Pistorius in eifrigem Gespräch – aber nicht mehr mit dem gelehrten Schotten, sondern mit zwei Herren, welche kaum etwas anderes als deutsche Gymnasiallehrer auf der Ferienreise sein konnten. Sie waren des Gespräches überdrüssig, machten sich augenscheinlich über ihn lustig, und eben kam der Augenblick, da sie aufbrachen, um ihn allein sitzen zu lassen, als Adelheid und Holmar zu ihm traten. Er zeigte keinen üblen Humor über ihr längeres Ausbleiben, denn er hatte sich nach seiner Art gut unterhalten und sah nun mit Vergnügen den jungen Mann wieder vor sich, mit dem er seine Redelust weiter üben konnte. Aber er sollte erfahren, daß er auch über diesen nicht so ganz verfügen könne. Denn Holmar, der sich bereits ein annähernd richtiges Urteil über Herrn Pistorius gebildet hatte, wollte dem Egoismus und den tyrannischen Launen des Mannes nicht dienen. Adelheid mußte müde sein, und eigentlich war es Holmar auch. So erklärte er denn die Gespräche für heute beendigt und verlangte Rücksicht für die junge Dame, die nach den Anstrengungen des Tages der Ruhe bedürfe. Der Alte ließ sich bedeuten, und man trennte sich. Holmar, um einer Nacht gesunden Schlafes ohne Träume entgegenzugehen; nicht so Adelheid. Sie hatte in den Stunden eines halben Tages innerlich mehr erlebt als in einem halben Leben. Noch ging es wie Erstaunen über ein Unbegreifliches durch ihre Seele, daß sie Vertrauen um Vertrauen mit einem Fremden getauscht hatte – aber er war ihr schon kein Fremder mehr. Im Halbschlaf, in huschenden Träumen gingen die Erlebnisse nochmals an ihr vorüber – dann sah sie ihn plötzlich springen, in den Abgrund stürzen, und fuhr entsetzt auf. Oder sie sah ihn im Schneegestöber verschwinden, wollte ihm nachrufen, aber die Stimme versagte ihr, und angstgepeinigt rang sie dem Erwachen entgegen. Als aber die innere Erregung nachließ, und sie gegen Morgen einige Stunden beruhigten Schlafes gefunden, atmete sie dem Sonnenschein des Tages erquickt entgegen, erfüllt von der Hoffnung, daß das gestern Erlebte sich heute freudebringend fortsetzen werde.

Holmar war beizeiten auf den Beinen und spazierte mit Ränzel und Stab bereits vor der Tür umher, ab und zu einen Blick in den Saal werfend, ob Vater und Tochter noch nicht erschienen, von welchen er sich verabschieden wollte. Er, der gewöhnt war, den Tag früh zu beginnen, um so mehr noch den Wandertag, wurde ungeduldig über die Langschläfer, denn schöne kühle Morgenstunden waren ihm schon verloren gegangen. Endlich erschienen sie. Holmar begrüßte sie, zur Wanderung gerüstet, und wollte sich empfehlen, da, wie er meinte, die Reiseziele leider jetzt wohl auseinander gehen würden. Adelheid erschrak, als sie von Abschiednehmen hörte, und Herr Pistorius sprach laut aus, daß er nicht begreife, warum Holmar allein von dannen wolle, da sie ja gemeinsam reisen könnten.

»Es tut mir sehr leid,« sagte dieser, indem er das junge Mädchen ehrlich anblickte, »wirklich sehr leid, daß wir uns schon trennen müssen, aber ich habe mir einen Weg bestimmt vorgezeichnet, will eine bestimmte Anzahl von Orten sehen und habe dazu nur noch eine bestimmte Anzahl von Tagen zu verwenden.« Er hätte hinzufügen können: und ein bestimmtes Reisegeld, welches ich nicht überschreiten kann. »Eine Änderung meines Planes dürfte mir Verlegenheiten bereiten,« fuhr er fort, »und – Sie werden vermutlich nun die andere Römerstraße aufsuchen, wo die lateinische Inschrift sich findet –«

Herr Pistorius aber hatte diesen Reisezweck bereits vergessen und wollte jetzt nichts mehr davon hören. »Römerstraße! Zweiundzwanzigste Legion – was da!« rief er. »Lassen wir die Inschrift stehen, wo sie Lust hat! Laufen Sie uns nicht davon! Wir reisen zusammen!« Holmar entgegnete mit Ernst und Ruhe, daß er sich um keinen Preis von seinem Wanderplan werde abbringen lassen, und – so gestand er jetzt offen – auch nicht von seiner Art und Weise zu reisen, die eben durch seine Mittel vorgeschrieben sei. Aber er sollte ja auch nicht um einen Schritt davon abgebracht werden, versicherte Herr Pistorius; er möge nur die Führung übernehmen, man wolle sich ihm gern anvertrauen. Holmar erfuhr, daß der Gelehrte nur um jener Inschrift willen nach der Schweiz gereist, und jetzt, da er diese Nachforschung aufgegeben, ganz ohne Ziel und Plan sei. Der junge Mann sah Adelheid lächelnd an, und gestand, daß er sich aufrichtig freue, unter solchen Umständen noch in ihrer Gesellschaft bleiben zu können. Er sah auf den Strauß der gestern gepflückten Alpenrosen, der, obgleich schon etwas welk, noch in ihrer Hand war, und sagte: »Wenn Sie Mut haben, meine Kletterwege mitzugehen, pflücke ich täglich frische!« Adelheid nickte, ohne für ihre Freude ein Wort zu finden. Bald darauf brachen sie auf.

Welche Täler sie sahen, welche Berge sie bestiegen, auf welchen Seen sie fuhren, ist nicht von Belang. Adelheid hatte eins und das andere früher schon gesehen, jetzt sah sie alles doch eigentlich zum erstenmal. Sie scheute keinen Weg und kein Wetter, sie ermüdete nicht, solange Holmar vergnügt neben ihr schritt, sie fand alle seine Anordnungen gut, besser, als sie dergleichen gewöhnt war. Auch der Alte zeigte sich sehr rüstig, und da er in den gewöhnlichen Dingen des Lebens ziemlich unpraktisch war, ließ er sich die Führung Holmars gern gefallen. Die Reise selbst, die Gegenden, Berge und Seen waren ihm ganz gleichgültig, sein Interesse gehörte dem jungen Führer, welcher Geduld genug zeigte, sich gelehrt mit ihm zu unterhalten. Er nahm es auch nicht übel, wenn diesem der Geduldfaden einmal riß, und er mit kecker oder lachender Abwehr auf etwas anderes übersprang. Kleine Konflikte drohten freilich schon in den ersten Tagen, wobei denn, der Entschiedenheit Holmars gegenüber, Herr Pistorius sich zum Nachgeben entschloß. Ja er, der

rechthaberische, despotische Mann, dessen harter Kopf sonst seinen
Willen durchzusetzen pflegte, war so eingenommen von dem jungen Gefährten, daß er sich nach geringem Widerstand von ihm
bestimmen ließ. Daß Herr Pistorius ein reicher Mann war, wußte
Holmar nicht, und niemand wäre darauf gekommen, der ihn und
seine Tochter nur in ihrem gewöhnlichen Reiseaufzuge kannte. Der
Alte war aber gewöhnt, überall in den ersten Hotels einzukehren,
um dort freilich immer schlecht untergebracht zu werden und bei
der Abreise die Dienerschaft durch unerwartet große Trinkgelder in
Erstaunen zu setzen. Er wurde überall mürrisch empfangen, nachlässig bedient, aber mit angelegentlichster Höflichkeit entlassen.
Holmar aber war nicht zu bewegen, sich der »Beutelschneiderei«
anheim zu geben und dem Gewimmel der Kellner, welchen gegenüber ihm, wie er sagte, die Hand juckte. Er hatte für die ganze Reise
seine Notizen über kleinere Gasthöfe, wo man nicht minder gut
aufgehoben sei, und zu diesen mußte sich Herr Pistorius nach einigem Kampfe denn auch entschließen. Holmar wagte noch viel
mehr, aufgemuntert durch das tägliche Zusammenleben. Er verlangte von dem Alten mehr Rücksicht für Adelheid, und schnauzte
ihn ganz wacker an, wenn dieser in der Gleichgültigkeit für die
Bedürfnisse seiner Tochter den egoistischen Tyrannen spielen wollte. Dafür gestattete Holmar, entgegenkommend, auch ab und zu
einen Wagen für Wege, die er allein wohl gegangen wäre, und war
großmütig genug, darin mitzufahren. Bei dem andauernden kleinen
Kampfe gegen Herrn Pistorius mußte es zu scherzhaften Einverständnissen zwischen Adelheid und Holmar kommen, so weit, daß
sie zuweilen List brauchten, ihn irgendwo durch Unterhaltung mit
anderen zu beschäftigen, um ein Stündchen allein ihre Wege zu
gehen, harmlos, als unverdorbene Kinder, wie am ersten Tage ihrer
Begegnung.

In diesen Tagen, welche nun schon in die zweite Woche hinüberreichten, ging dem jungen Mädchen ein Leben innerlich auf, ein Erwachen zu tausend neuen Anschauungen und Gedanken, ein Aufspringen immer neuer Quellen der Empfindung, der Freude, des Genusses, daß sie jetzt erst zu sehen, zu hören, zu lernen, zu denken anfing oder anzufangen glaubte. Wie eng war bisher der Kreis ihres inneren Teilnehmens, wie grau und öde diese innere Welt gewesen! Jetzt brachte ihr jeder Tag hundertfältig Neues. Denn Holmar gehörte dem Leben und der Lebenshoffnung, sein Wissen war nicht auf ein enges Gebiet beschränkt, sein Streben vielseitig, seine Aufmerksamkeit auf alles gerichtet. Er sah in Städten, Straßen, an Gebäuden und sonstigen öffentlichen Werken Dinge, an welchen sie sonst blöde vorübergesehen hatte; er kannte die Gesteine auf den Bergen, die Pflanzen in Tälern und auf Matten; er kannte die Geschichte des Volkes, er erkundigte sich nach Sitten, bürgerlichen und staatlichen Einrichtungen, er merkte auf sprachliche Wendungen und Eigentümlichkeiten. Sie hatte nicht gedacht, daß so Vielerlei und so Getrenntes in einem Kopfe vereinigt werden könne, und doch fühlte sie, daß viel davon mittlerweile auch in ihren Kopf schlüpfte. Sie verdankte ihm unendliche Belehrung, ohne daß er jemals die Miene machte, sie zu belehren. Was ihr reiche Anregung brachte, das warf er wie Gold aus einem Glückssäckel, ohne zu fragen, wer es fände; er tat es oft zwischen scherzendem Übermut und lustigem Gesang. Ihr ging ein glückseliges Leben im Gemüt auf, und sie mochte nicht daran denken, daß diese Gemeinsamkeit einmal aufhören werde.

Was Holmar betraf, so lag ihm nichts ferner, als sich etwa in Adelheid zu verlieben. Er würde über eine solche Möglichkeit gelacht haben, allein er dachte sie gar nicht. Er machte ihr nicht den Hof, wenn er aufmerksam und rücksichtsvoll gegen sie war. Er konnte ihr sogar viele Dienste nicht leisten, zu welchen er erbötig gewesen wäre, weil sie nicht gewöhnt war Dienste zu empfangen, manche Aufmerksamkeiten sogar ablehnte, weil sie nicht gelernt hatte, einen Wert darin zu sehen. Er kam in ein Vertrauensverhältnis zu ihr wie zu einer Schwester, wobei gemeiniglich die Frage, ob sie hübsch oder häßlich sei, gar nicht auftaucht; ja, mehr noch, Adelheid wurde ihm wie ein guter Kamerad, dem er in herzlicher Freundschaft ergeben war. Je mehr die ihm gemessene Reisezeit ablief, desto öfter kam er darauf zu sprechen, wie schade es sei, daß man sich trennen müsse; er aber war es doch, der den Vorschlag machte, in brieflichem Zusammenhang miteinander zu bleiben. Sie zögerte nicht, sondern sprach ihr Ja mit voller Zustimmung aus, und die jungen Freunde besprachen eifrig ihren Briefwechsel, der bei dem voraussichtlich dauernden Wanderleben von Vater und Tochter einiger Vorkehrungen bedurfte, selbst wenn man nicht daran dachte, ihn Herrn Pistorius zu verbergen.

Aber noch ehe die guten Tage vorübergingen, sollte Adelheid eine Mahnung empfangen, ihr Glück innerlich abzuwägen und die Schwingen ihrer Seele zu beschränken. Man näherte sich schon der Grenze der Schweiz, als am Ufer eines Sees, bei dem Landeplatze der Schiffe, Holmar sich angerufen hörte. Er eilte einer Gruppe von Herren und Damen zu, in welcher er Familien aus der Universitätsstadt, die er zuletzt besucht hatte, erkannte. Die Begrüßung war lebhaft, wie sie zu sein pflegt, wenn Bekannte sich unvermutet in der Fremde treffen. Zwei hübsche junge Mädchen in elegantem Reiseanzug zeichneten sich durch sehr lautes Sprechen, Lachen und etwas auffälliges Wesen aus. Holmar schien bei ihnen gut angeschrieben, und wurde eine Weile festgehalten. »Was für einer Eule haben Sie sich denn da angeschlossen?« fragte eine der Damen, ohne ihre Stimme sonderlich zu dämpfen. Holmar sprach alles mögliche Gute von seinen Reisegefährten, und fügte hinzu, daß Adelheid nicht nur geläufig Englisch, Französisch und Italienisch, sondern auch Lateinisch reden, sogar Griechisch lesen könne. Die Damen lachten; da läutete man vom Schiffe, und die bunte geräuschvolle Gruppe verabschiedete sich, um einzusteigen.

Wenn Adelheid sonst auf die Reisezüge um sie her wenig achtete, so war diesmal ihr Auge schärfer, ihr Gehör gespannter gewesen. Und so war ihr die Frage nach der Eule, der sich Holmar angeschlossen, nicht entgangen. Es gab ihr einen Stich durch das Herz, zumal sie die Schönheit der Mädchen erkannt und Holmars höfliches Wesen gegen sie beobachtet hatte. Gleich darauf kam der junge Mann zurück, nannte die Namen der von ihm Begrüßten und fügte halb lachend hinzu: »Wahrhaftig, ich mußte mich schämen über den Aufzug, in welchem ich den Damen unter die Augen trat! Meine Kleidung ist in abscheuliche Verfassung geraten.« Adelheid fühlte sich durch diese Worte befremdet, sogar etwas verletzt. Sie hatte bis dahin noch nicht gefunden, daß er in seiner Reisekleidung nicht gut aussähe, jetzt wurde sie durch ihn belehrt, daß er vor jenen schönen Tagvögeln gern besser ausgesehen hätte, während er für sie, die häßliche Eule, auch in einem abgetragenen Anzuge sich immer noch gut genug gekleidet dünkte. Sie biß die Lippen aufeinander, denn neben einem schmerzlichen Gefühl stand etwas von Trotz in ihr auf. Sie überließ Holmar dem Gespräch mit dem Vater, und ging in brütender Stimmung hinter ihnen her. Plötzlich kam sie zu innerer Ermannung. Was soll das in mir? fragte sie sich. Ist nicht das ganz Selbstverständliche vorgegangen? Haben wir in unserem abscheulichen Aufzuge ihm nicht ein Recht gegeben, gering zu denken von unseren Anforderungen an äußere Erscheinung? Und was kann er dafür, wenn ein paar hübsche Mädchen ihn anlachen? Daß sie mich eine Eule nennen, ist auch zu begreifen. Aber habe ich nicht dankbar zu sein, daß er die Begleitung der häßlichen Eule nicht verschmäht? Dieser innere Vorgang machte ihr so viel zu schaffen, daß sie beschloß, offen mit ihm darüber zu sprechen. Und kurz darauf, als sie sich auf einige Minuten mit ihm allein sah, begann sie: »Was sagte die schöne junge Dame doch von der Eule, der Sie sich angeschlossen haben?«

Holmar sah sie an, und ein Bedauern ging durch sein Gemüt, daß das Mädchen dergleichen hatte hören müssen. »Wir dürfen solche Reden dem glänzenden Alltagsvolk nicht übelnehmen,« sagte er. »Unsereins dient ihm immer nur zum Spott.«

»Sie auch?« fragte Adelheid, indem sie ihn ungläubig von der Seite ansah

»Ich auch,« entgegnete er. »Als ich um meiner Subsistenz willen den jüngeren Kindern des Professors Unterricht gab, behandelte mich Fräulein Rosalie nur mit hochnäsiger Herablassung. Ich tat es ihr gleich, und als sie es zu weit trieb, gab ich es ihr gründlich zurück. Seitdem lacht sie mit mir, aus allem aber hört man den Spott heraus. Können Sie sich denken, daß diese Rosalie schon einunddreißig Jahre alt ist? Schon zweimal war sie verlobt – entweder hält es keiner mit ihr, oder sie hält es mit keinem aus. Man fürchtet sie wegen ihrer bösartigen Zunge. Gelernt hat sie wenig, aber sie ist gescheit wie der Teufel. Wie oft hat sie mich einen langweiligen Philister genannt! Von ihr als eine Eule bezeichnet zu werden, kann

Ihnen nur zur Ehre gereichen. Denn« – fuhr er munter fort – »ist die Eule nicht der gefiederte Bote und Begleiter der Athene? Wir gelehrten Nachtwächter sollen mit der grauen Freundin, unserer Schutzpatronen, gute Freundschaft halten. Eine Eule darf etwas ganz Ehrwürdiges für uns sein!«

»Ja, das ist auch wahr!« rief Adelheid plötzlich ganz vergnügt. »Ich will mich gern selbst als Eule fühlen, und – o, ich weiß etwas Lustiges! Ich lasse mir ein Petschaft stechen mit einer Eule und siegele damit alle meine Briefe!«

»Ja!« rief Holmar. »Und Sie müssen mir gestatten, daß ich mir das gleiche Zeichen wähle! Dann mögen die Eulen ihren Flug unterwegs kreuzen! Ich habe Ihre Handschrift noch nicht gesehen, mit dem ersten Eulensiegel werde ich sie begrüßen und kennen lernen!« Die jungen Leute wurden sehr heiter bei diesem Plane, und Adelheid fühlte im stillen noch eine kleine Genugtuung. Sie empfand es tröstlich, daß »diese Rosalie« schon einunddreißig Jahre zählte, und es war ihr ganz recht, daß hinter ihrem lachenden Wesen nur eine Verspottung des Freundes verborgen sein sollte, obgleich sie, um dieses Spottes selbst willen, die Dame sehr tief in ihrer Achtung herabsetzte.

Der Tag der Trennung kam heran. Adelheid hatte sich mit Fassung darauf gerüstet. Blieb ihr doch die Aussicht auf den brieflichen Verkehr mit dem Freunde. Und daß ein Wiedersehen ausgeschlossen sein sollte, das konnte sie sich nicht denken. Anders nahm Herr Pistorius den Abschied. Er war unwillig, daß derjenige ihn verlassen wollte, der vierzehn Tage lang geduldig alle seine Gespräche ausgehalten hatte. Er, der nicht eigentlich einen Lebenszweck hatte, außer der andauernden Erziehung seiner Tochter, konnte sich nicht in die Lage eines anderen versetzen, der einer Tätigkeit entgegenging und keine Geldmittel besaß; oder, wenn er eine solche Lage schon zugeben mußte, so mißbilligte er sie sehr, insofern sie seinen persönlichen Wünschen entgegenstand. Er beschloß noch einen Angriff auf Holmar zu machen. Unter vier Augen bot er ihm eine ansehnliche Geldsumme, für die er sich verpflichten sollte, auf eine bestimmte Zeit bei ihm zu bleiben. Holmar, der im Verlauf der Tage zu der Überzeugung gekommen war, daß Herr Pistorius ein ziemlich wohlhabender Mann sein müsse, sah ihn bei diesem Anerbieten erstaunt, ja mit Entrüstung an. Hätte der Alte eine ansprechendere Form gewählt und ihm etwa vorgeschlagen, auf ein oder einige Jahre als sein Reisebegleiter die Welt in größeren Kreisen zu betrachten, wer weiß, ob der Plan nicht etwas Verlockendes für den jungen Mann gehabt hätte. Aber dieses plumpe Darbieten einer bestimmten Summe brachte ihn im Innersten auf. Der Stolz des hoffnungsreichen Armen trat der Anmaßung des bedürftigen Reichen hart gegenüber. Holmar nahm sich zusammen, dankte, lehnte ab und fügte hinzu, daß er Pflichten gegen sich selbst habe, welchen er sich nicht entziehen könne. Dieses Gespräch störte das Einvernehmen der letzten gemeinsamen Stunden. Herr Pistorius, der jemand haben mußte, an dem er seine üble Laune auslassen konnte, wendete diese gegen seine Tochter, haderte mit ihr, schalt sie und bereitete ihr unangenehme Auftritte. Ein tiefes Mitleid ging durch Holmars Gemüt, und um ihr etwas Gutes zu sagen, rief er: »Im nächsten Sommer, wenn meine Schulferien kommen, geben wir uns irgendwo ein Stelldichein, und reisen wieder ein paar Wochen zusammen!« Adelheids Augen wurden weit, der Alte aber griff das Versprechen auf, und in schnell verbesserter Laune rief er: »Richtig! Wir gehen zusammen nach Neapel, studieren den Ausbruch des Vesuv und den Untergang von Pompeji mit dem Plinius in der Hand!« Holmar lachte und ließ das dahingestellt sein. Die Stimmung war wieder besser geworden, und man nahm Abschied, um verschiedene Wege einzuschlagen.

Adelheid, für die es nicht viel zu packen gab, da sie immer gerüstet sein mußte, irgendwohin abzureisen, hatte ihren Vater nach Ägypten zu begleiten. Denn in der Schweiz war Herr Pistorius mit zwei aus Afrika kommenden Engländern in ein Gespräch geraten, und sofort zu der Überzeugung gelangt, daß er seine Tochter an Ort und Stelle über den Bau der Pyramiden zu unterrichten habe. Ihretwegen hätte es ebensogut zum Studium des Walfischfanges nach Norden gehen mögen, als zu den Pyramiden. Sie brachte dem Wechsel von Ort und Gegend, dem Gehen und Bleiben jetzt die frühere Gleichgültigkeit entgegen. Aber ein inneres Gut nahm sie doch mit sich, einen Schatz von Anregungen, Gedanken, Erinnerungen, den Beginn eines Wandels ihrer Anschauungen, ihres ganzen Wesens. Und es war ihr lieb, daß sie auch mit dem Vater von ihrem Freunde sprechen konnte. Zwar sie selbst brachte die Rede nicht leicht auf ihn, dagegen tat es der Alte und mit häufigem Bedauern, daß der junge Mensch nicht so viel Vernunft habe annehmen wollen, mit ihm zu reisen.

Wenn Herr Pistorius einen bestimmten Plan hatte, pflegte er schnell und geradenwegs auf sein Ziel loszugehen. Adelheid war bald in Ägypten, mußte mit äußerster Anstrengung mit auf die Pyramide des Kekrops klettern, und auf dunklem Wege in das Innere derselben kriechen. Sie betrachtete diese Dinge jetzt mit aufmerksameren Augen, und sie glaubte erst sehen gelernt zu haben. In Kairo siegelte sie den ersten Brief mit dem Eulenpetschaft, der nach einer kleinen Stadt in Mitteldeutschland gerichtet war. In Triest auf der Rückreise fand sie, wie verabredet worden, das Eulenzeichen des Freundes. Sie erfuhr, daß er als Lehrer am Gymnasium angestellt sei, und sich sofort eine wissenschaftliche Arbeit vorgenommen habe, die ihn in seiner Einsamkeit für manches entschädige. Nun gingen die Briefe rascher hin und wieder, und zwar sehr ausführlich, wie es bei dem Beginn einer Korrespondenz zu geschehen pflegt. Holmar schrieb an sie wie an einen Studienfreund, dessen Teilnahme für alles vorausgesetzt wird. Und da Adelheid ihre Briefe durchweg »die Eule« unterzeichnete, redete er sie auch wohl als »liebes Eulenschwesterchen« an. Im Frühjahr machte Herr Pistorius eine längere Rast in Florenz, wo er in den Bibliotheken notwendig etwas über Macchiavelli aufsuchen mußte. Im Juni war er schon bis Basel vorgeschoben, welches für Adelheids Erziehung in betreff der altdeutschen Malerei wichtig wurde. Zu Ende des Monats hieß er seine Tochter an Holmar schreiben und an sein Versprechen mahnen. Wenn es nicht nach Pompeji sein könnte, so schlage er eine Reise nach dem südlichen Frankreich vor, um die sehr bedeutenden und wichtigen römischen Überreste gemeinsam zu prüfen.

Der junge Gymnasiallehrer schrieb umgehend zurück: Er anerkenne die Wichtigkeit der südfranzösischen Römerbauten; von größerer Bedeutung aber sei es für ihn, daß er nur über eine sehr schmale Reisekasse zu verfügen habe, die ihm nichts als einen kleinen Ausflug verstatte. Er denke sich nach Dresden zu begeben und werde sich freuen, wenn er mit den Freunden unter Kunstwerken und in den Elbgegenden umherschweifen könnte. Herr Pistorius brummte, Adelheids Herz jubelte, und abends eilte sie mit dem

Vater nach dem Bahnhofe, um morgens dem Freunde schreiben zu können: Wir sind schon da!

Sie war dankbar, sie rechnete es ihm hoch an, daß ihm wirklich ein Wiedersehen willkommen war. Die Armut und Einschränkung, in der er lebte, geistig immer mit großen Plänen und Hoffnungen erfüllt, erschien ihr poetisch und ehrwürdig zugleich; seine rege Tätigkeit bewundernswürdig gegenüber dem dilettantisch gelehrt tuenden, zerstreut zwecklosen Leben, welches sie mit ihrem Vater zu führen hatte. Und als der Freund nun kam, wie glücklich war sie, daß die goldenen Tage sich erneuern sollten. Sie fand ihn stattlicher und gesetzter geworden. In das glatte Bubengesicht vom vergangenen Sommer war ein jugendlicher blonder Schnurrbart gekommen, in welchem sie zum erstenmal die Bedeutung dieses männlichen Schmuckes bewunderte. Holmar dagegen fand seine Freundin so ziemlich unverändert, nur daß die Gesichtsfarbe etwas lebhafter, ihr Wesen etwas rascher und freier geworden war. Ihre Kleidung mochte eine neue sein, aber sie zeigte noch immer denselben unbeschreiblichen Zuschnitt, halb Soldatenmantel, halb Mönchskapuze. Es kam ihr gar nicht in den Sinn, sich zu schmücken; sie war so gewöhnt, in dieser Tracht einherzugehen, sie sah überdies die Vorteile derselben ein, bei dem rastlos umherfahrenden Leben mit dem Vater, daß sie nicht mehr daran dachte, ihre Tracht zu verändern, Holmar machte diesmal wenig Umstände mit Herrn Pistorius, da er keine sonderliche Achtung für ihn, eher geheimen Groll gegen ihn hegte. Mit Adelheid allein wollte er Kunst und Natur genießen, daher suchte er den Alten oft in der Bibliothek festzusetzen. Es war nicht schwierig und so blieb den Freunden schöne Stunden, in welchen Adelheid sorglos und gern den Arm Holmars annahm, um sich von ihm führen zu lassen. In einem rein freundschaftlichen, kameradschaftlichen Verhältnis blieben sie auch jetzt, und Adelheid war damit zufrieden und glücklich, sie bewahrte ihre Gedanken vor Hoffnungen, daß es jemals ein anderes werden könne. Innerlich befestigter war es aber bei diesem Wiedersehen doch geworden. Auch bei Holmar, dem es erschien, als könne er kaum noch ein Geheimnis vor der Schwester haben.

Und als sie sich zum zweiten Male getrennt hatten, flogen die Briefeulen wieder um so lebhafter durch die Welt, denn durch die neue Anknüpfung schienen die Freunde innerlich nur bereichert und um so ausgiebiger gestimmt.

Wohin Herr Pistorius im Laufe des nächsten Jahres reiste, ist gleichgültig. Er war im Süden und im Norden, beschäftigt mit eitel geschäftslosem Müßiggang. Die Sommerferien kamen, Adelheid war brieflich darauf vorbereitet, daß der Juli kein Wiedersehen bringen werde, da Holmar von »übermäßiger Arbeit und gar keinem Reisegeld« schrieb. Und es verging ein drittes Jahr, da wurde der Freund an einen anderen Ort und in eine höhere Stellung versetzt, Vorgänge, die ihm eine Sommerreise nicht erlaubten. Bald wurden die Briefe seltener, und zwar auch von Adelheids Seite.

Sie wollte dem Freunde nicht klagen, daß sie einen schweren Stand mit dem Vater hatte. Aus ihrem unterwürfigen, sklavisch erzogenen Gehorsam mußte sie sich mit der Zeit zu einiger Entschiedenheit ermannen, denn die Wunderlichkeiten des Alten nahmen in auffallender Weise zu. Oft sah sie sich gezwungen, ihm mit ihrer besseren Einsicht energisch entgegenzutreten. »Von wem du das gelernt hast, weiß ich auch!« schrie Herr Pistorius sie eines Tages an. – »Wenn du es errätst,« entgegnete sie mit Ruhe, »so wirst du an mir nicht mißbilligen, was du bei ihm vernünftig gefunden hast.« Und der Alte grollte und brummte, ließ es aber schließlich gelten.

Es kam schlimmer mit ihm. Er, der bis zu seinem fünfundsechzigsten Jahre völlig gesund und rüstig gewesen, wurde in Mailand von einem Schlagfluß niedergestreckt. Er war körperlich und geistig gelähmt. Adelheid übernahm mit pflichtvollster Ausdauer die Pflege und Wartung an seinem Lager, monatelang, schon über ein Vierteljahr, und es war kein Absehen, wie es sich wenden würde.

Da empfing sie einen Brief aus Deutschland. Unter dem Eulensiegel zeigte ihr Holmar – seine Verlobung an. Er habe, teilte er mit, seiner geliebten Braut so viel von seinem Schwesterchen erzählt, daß sie der Freundin einen Gruß von ganzem Herzen zurufe. – Adelheid ließ den Brief aus den Händen fallen. Ein Krampf ging durch ihr Herz, und was sie sich selbst nicht zugestanden, zerriß mit leidenschaftlichem Schmerz die Fesseln, die sie sich auferlegt hatte. Sie durfte dem Freunde nicht grollen, denn sie wußte ihm nichts vorzuwerfen. Aber sie fühlte, daß die Welt in ihrem Inneren zusammenbrach, daß sie nun nichts, gar nichts mehr ihr Eigen nannte. Tränen hatte sie nicht, um so grausamer wühlten in ihr Verbitterung, Groll, Lebensverachtung, Selbstanklage, alles, was ein stets unterdrücktes Gemüt plötzlich zur völligen Hoffnungslosigkeit erwachen läßt. Auch als der erste Sturm ihrer Empfindungen ausgetobt, wurde ihre Seele nicht freier. Die ganze Öde ihres verlorenen Daseins ohne Jugend, ohne Schmuck des Lebens, ohne ein Band des Verständnisses zu Menschen, breitete sich vor ihr aus, dazu der Blick in eine Zukunft von gleich trostloser Öde. In solcher Gemütslage hatte sie die Pflichten der Tochter am Krankenbette zu erfüllen, allein, in der Fremde. Zwar erlaubten die Verhältnisse alle Hilfe und Bequemlichkeit, aber der Kranke hatte von seinen Lebensgeistern gerade so viel Eigensinn bewahrt, um jede Handreichung, die nicht von seiner Tochter kam, heftig zurückzustoßen; zwar war sie nirgends heimisch und immer in der Fremde gewesen, jetzt aber fühlte sie den Mangel von Haus und Herd, von menschlicher Teilnahme immer bitterer. Dieser Dienst in der Krankenstube bei Tag und Nacht drohte geistig und körperlich aufreibend zu werden. Aber sie nahm alle Energie zusammen, sie wollte nicht unterliegen, sie beschloß, des inneren und äußeren Elends Meister zu werden. Sie erfüllte ihre Pflichten, ohne Dank zu ernten oder auch nur zu erwarten, sie lernte selbständig zu verfügen über Vermögens- und sonstige Verhältnisse, ihr Charakter hatte jede Gelegenheit, sich festzustellen und auszuprägen. Noch ein ganzes Jahr währte ihre Sorge am Krankenlager, bis der Tod den Unglücklichen erlöste.

Adelheid hatte den Brief Holmars und die Grüße seiner Braut nicht zu entgegnen vermocht. Sie tat es erst, als sie dem Jugendfreunde zugleich den Tod ihres Vaters anzeigte. Und zwar geschah dies von England aus, wohin sie eine Einladung, die erste in ihrem Leben, angenommen hatte.

Darüber waren viele Jahre vergangen.

Nun ging wieder die akademische Ferienzeit an, und mit ihr zogen, wie in jedem Jahre, Musensöhne mit Ränzel und Stock durch die Berge, und ernste Kathedergesichter klärten sich auf, um in der Natur Erquickung zu suchen.

Ein Mann mit zwei Knaben stieg am heißen Nachmittag eines Augusttages den etwas steinigen Waldweg hinauf. Die Kinder schienen zwar nicht ermüdet, dennoch blickte der Vater zuweilen bedauernd auf den älteren, welcher, nicht so kräftig gebaut, sich mehr an seiner Seite hielt, während der jüngere meist einige Schritte voraus war. Der Weg sollte die Fahrstraße, welche sich in breiten Windungen um den Bergrücken zog, um ein bedeutendes abschneiden und erwünschten Schatten für die Fußreisenden bringen. Nun stieg er hart genug an, führte durch niedrigen Baumwuchs oder durch Strecken, von welchen der Wald zurücktrat, so daß man sich der Sonnenglut häufiger ausgesetzt sah, als des Schattens genoß. Endlich traten die Bäume naher zusammen, zugleich aber wurde der verengerte Pfad durch Gestein und Wurzeln beschwerlich. Der Vater nahm seinen Ältesten bei der Hand, um ihn zu unterstützen, indem er das jüngere Bürschlein seiner eigenen, kräftigeren Gelenkigkeit überließ. »Wir sind oben! Heißa! Da ist die Fahrstraße! Wir sind oben!« rief der Kleine. In einigen Minuten war man wirklich am Ziele und konnte unter Buchenzweigen einige Minuten ausruhen. »Das hat uns müde gemacht, nicht wahr?« sagte der Vater, indem er sich die Stirn trocknete. »Nein, gar nicht!« rief der Jüngere, hin und her hüpfend, um seine noch frischen Kräfte zu zeigen, während der Ältere, seine Müdigkeit zwar auch leugnend, sich an den Stamm eines Baumes lehnte. »Und nun,« begann der Kleine, »sind wir in zehn Minuten bei dem guten Wirtshause, das hier sein soll, und dann gibt es etwas zu trinken! Aber, nicht wahr, erst muß etwas Butterbrot gegessen werden auf die Erhitzung, das gibt eine bessere Grundlage!« – Der Vater lachte. »Jawohl,« sagte er, »die gute Grundlage von einem Butterbrot ist bei meinem Puck immer die Hauptsache! Titus, da liegt ein breiter Stein,« so wendete er sich zu dem Älteren; »setz dich ein wenig nieder!«

Es war ein stattlicher, noch jugendlich aussehender Mann, mit charaktervollen Gesichtszügen und hellbraunem Vollbart. Die Kinder, in Grau gekleidet, mit Stulpenstiefelchen und Strohhüten, trugen ihre kleinen Ränzel auf dem Rücken wie der Vater sein ziemlich starkes. Titus und Puck nannte er sie, nicht weil sie so getauft, sondern weil ihm ihre Namen zu lang waren, und die scherzhafteren sich nun einmal im Hause eingebürgert hatten. Nach kurzer Rast war das Dreiblatt wieder auf der Wanderung und bald vor dem

Wirtshause angelangt, vor dessen Tür man Tische und Stühle unter Bäumen fand. Es war ein hübscher Platz. Die Fahrstraße, welche vorüberführte, hatte hier ihren Höhepunkt erreicht, um sich nach zwei Seiten abwärts zu senken. Dem Wirtshause gegenüber war der Wald gelichtet und gab dem Auge den Blick in die breite Gebirgslandschaft frei. Es war kein prunkendes Hotel. Fuhrleute und Handwerksburschen durften getrost einkehren. Zuweilen stiegen auch einmal Gäste aus dem großen besuchten Badeorte, den man unten in der Ferne erkannte, hier ab, um neben der Aussicht sich mit Milch und Brot zu begnügen.

Während der Vater und die Kinder sich an ganz derber Kost, Brot, Käse und Bier, für die Anstrengungen der Wanderung schadlos hielten, kam ein Wagen von der Seite des Badeortes langsam den Weg herauf. Die Insassen, zwei Damen und ein Knabe, alle drei in der gewähltesten und feinsten Sommerkleidung, mochten auf einer Spazierfahrt begriffen sein. Eine der Damen, eine sehr schöne Frau, saß bequem zurückgelehnt und ließ sich lächelnd unterhalten von der Nachbarin, welche, während sie sprach, ein lebhaft beobachtendes Auge für alles, was die Umgebung bot, zu behalten schien. Der Fußreisende, eben beschäftigt, seinen Kindern von neuem zuzuteilen, richtete einen gleichgültigen Blick nach dem Wagen. Plötzlich aber leuchtete sein Auge auf. Er warf Messer und Brot hin und stürzte über den Weg, dem Wagen entgegen. Die Pferde, scheu gemacht, bäumten sich, die schöne Frau, in Furcht vor dem Überfall eines Wegelagerers, schrie auf, der Mann aber griff in die Zügel der Pferde und brachte sie mit kräftiger Hand zum Stehen. Da ertönte es aus dem Wagen: »Holmar! Er ist es wahrhaftig! Kutscher, still gehalten! Wir steigen aus!«

»Aber um Gottes willen, Adelheid!« rief die schöne Frau. »Warum müssen wir denn –?« »Verzeihen Sie, liebe Metella!« unterbrach die andere. »Es ist ein Freund von mir. Überdies findet sich hier ein Aussichtspunkt – wir wollen kurze Rast machen.«

Holmar hatte bereits den Kutschenschlag geöffnet, schüttelte dem Fräulein Pistorius die Hand, und wurde der schönen Frau v. N. vorgestellt.

Diese wußte nicht, wie ihr geschah, um eines unbekannten Mannes willen den Wagen verlassen zu müssen, und hob die Schleppe ihres luftigen Gewandes von der staubigen Straße auf. Aber sie war gewöhnt, sich der Freundin zu fügen, und sah sich nur nach ihrem Knaben um, welcher prüfend zu den Kindern des Fremden hinüberblickte.

»Dennoch ertappt!« flüsterte Holmar neben Fräulein Pistorius. »Meine Spione waren Ihnen auf der Ferse, und jetzt bin ich in Person wieder da!«

»Nun gut!« sagte sie. »Sie finden mich noch als dieselbe, und ich hoffe – wir stören einander die Muße nicht!« Sie sprach es mit besonderer Betonung und einem etwas strengen Blicke. »Aber,« fuhr sie munterer fort, »was haben Sie denn da für ein paar graue Männlein bei sich?«

»Nun, meine Kinder sind es!« entgegnete er.

Sie richtete ihre Augen vorwurfsvoll auf ihn. »In Buben verwandelt?« rief sie. »Holmar, wissen Sie, was solche Verkleidungen – himmlischer Vater! Titus und Puck in Hosen und Jacken! O, ihr armen Dinger!« Sie eilte auf die Kinder zu, und diese, sie erkennend, liefen ihr mit offenen Armen entgegen. Die schöne Frau aber stand dabei und lichtete halb belustigte, halb mißbilligende Blicke auf die Gruppe.

In der Tat, die Kinder waren Mädchen in Knabenkleidern. Auch ein beobachtendes Auge würde Puck für einen ganz derben, kleinen Buben gehalten haben. Titus gegenüber konnte man zweifeln, ob ein Knabe in der Verkleidung stecke. Nicht zum erstenmal trugen die Kinder diese Tracht, daher sie sich ganz frei darin bewegten; beide, acht- und siebenjährig, waren so einverstanden mit der bequemen Reisekleidung, daß sie sich keine andere wünschten. Fräulein Pistorius aber kam nicht so schnell über die Sache hinweg und beklagte die Kleinen, daß sie in solchem Aufzuge durch die Welt laufen müßten. Puck lachte. Holmar aber begann: »Sie kennen meine Verhältnisse. Zu Hause konnte ich die Kinder nicht lassen. Einen Reisekoffer voll Weiberkleider mitzuschleppen, auf jeder Station weiße Röcke waschen zu lassen, in jedem Wirtshaus eine Jungfer zu Rate zu ziehen – womöglich Nadel und Zwirn selbst in der Tasche zu führen, danach trug ich kein Verlangen. Ein einziger derber Bubenanzug ist dagegen ganz zweckmäßig, und selbst ein Loch in den Hosen braucht nicht ängstlich genommen zu werden. Wir sind schon einmal so umhergestiefelt und haben uns vortrefflich dabei befunden.« – »Ja!« rief Puck, im Sitzen auf und nieder wippend. Ein Blick Holmars aber streifte den Sohn der schönen Frau, dessen Anzug freilich im stärksten Gegensätze zu dem der Mädchen stand. Der Knabe, schön wie seine Mutter, war in auserlesen zierliche Tracht, schneeweiß und farbig – ein Amor nach der neuesten Modezeitung – gekleidet.

Fräulein Pistorius, welche ihre Augen mit einem traurigen Ausdruck auf die Kinder richtete, entgegnete: »Für sich mögen Sie recht haben, Holmar. Ob es für die Kinder, ob überhaupt recht getan ist, wäre zu erörtern.« Und zu Metella gewendet, fuhr sie fort: »Ja, was lassen wir uns denn hier geben? Der Herr Wirt scheint große Hoffnungen auf uns zu setzen, denn er dienert angelegentlich um uns her.« Boso, Metellas Knabe, befahl Schokolade. Der Wirt zuckte bedauerlich die Schultern, und Puck lachte laut auf, um dann einen herzhaften Biß in sein Butterbrot zu tun. Ein Glas Milch für den Knaben und ein Glas Bier für den Kutscher waren dann der Leistungsfähigkeit des Hauses angemessener. Schnell tauschte man einige Mitteilungen aus, wobei Fräulein Pistorius und Holmar fast allein die Rede wechselten. Daß die Damen den benachbarten Badeort zum Sommeraufenthalt gewählt, war dem Reisenden nichts Neues mehr, dagegen erzählte er zur Überraschung des Fräuleins, daß er sich auf dem Wege nach demselben Ziele befinde. Eine Anzahl gleichstrebender Gelehrter habe sich diesen Ort zur Versammlung ausersehen, um über die Gründung einer Zeitschrift miteinander zu verhandeln und sich womöglich zu verständigen. »Wir drei Fußgänger werden eher an Ort und Stelle sein als die Damen,« schloß Holmar, »wenn Sie Ihre Spazierfahrt noch weiter ausdehnen. Der Weg kann nur noch eine Stunde betragen, und wir schreiten tapfer zu.« Das Fräulein war nahe daran, den Vorschlag zu tun, Holmar möge ihr die Kinder in den Wagen geben; aber sie sahen sehr staubig aus, Metella hätte es vielleicht auch nicht gern gesehen – und noch aus anderen Gründen verwarf sie die gutmütige Regung. In den Augen der Freundin las sie überdies den Wunsch, der Sitzung bald ein Ende zu machen. Sie erhob sich, und Holmar begleitete die Damen zum Wagen. Er wartete eine Einladung nicht erst ab, sondern sagte beim Abschied: »Ich werde mich beeilen, meine Aufwartung zu machen!«

Es verstand sich von selbst, daß, als der Wagen das Wirtshaus hinter sich hatte, die schöne Frau halb lachend begann: »Nun sagen Sie mir nur, Adelheid, warum wir hier förmlich Station machen mußten? Dachte ich doch Wunder, was sie mit dem Manne zu verhandeln hätten!« Die Angeredete zog die Augenbrauen in die Höhe und schien nach einer schicklichen Einleitung zu suchen; Metella aber fuhr fort: »Ich erschrak im ersten Augenblick vor ihm, trotzdem – er ist eigentlich eine sehr angenehme Erscheinung! Wie aber kommt ein so junger Mann schon zu den zwei großen Kindern?«

»Früh geheiratet,« entgegnete Adelheid; »mit fünfundzwanzig Jahren! Jetzt etwa fünfunddreißig Jahre alt und – Witwer!«

»Witwer!« rief Metella halb beklagend, halb verwundert. »Dann verstehe ich schon eher die Verkleidung der Kinder. Aber unschicklich finde ich sie doch!«

»Mehr als das!« sagte das Fräulein. »Unrecht ist es, gefährlich, es kann zum Unglück für die Kinder werden! Ich habe dergleichen an mir selbst erfahren!«

»Sie? In gleichem Aufzuge mußten Sie einst –?«

»Nein, in Hosen und Stulpenstiefeln mußte ich nicht, eigentlich mußte ich etwas noch Schlimmeres. Als wandelnder Reisekoffer ging ich bis zu meinem dreiundzwanzigsten Jahre einher, als bloßes Bücherfutteral kletterte ich auf die Berge, Türme und Pyramiden, als leibhaftiger Mantelsack spazierte ich durch die elegante Welt der Hotels. Meine einstige Laufbahn als zweibeiniges Gepäckstück ist mir ja immer noch anzumerken!«

Metella fing laut an zu lachen. »Adelheid!« rief sie, »Sie sind und bleiben ein Original!«

Adelheid zuckte die Schultern. »Wenn Sie wüßten,« sagte sie, »wie wenig mich diese Bezeichnung freut! Aber das tut nichts. Wenn mir jemand sagt, deine Nase ist krumm, so muß ich das auch gelten lassen, denn wie die Verhältnisse waren, so hat sie eben krumm werden müssen, und ich muß mit dem Haken durch die Welt zu kommen suchen. Eine Eule ist auch ein Vogel – sozusagen!«

Die schöne Frau lachte noch mehr. »Gehen Sie doch!« rief sie. »Erzählen Sie mir lieber noch etwas von dem Manne – Holmar heißt er? Was ist er denn?« »Haben Sie nie etwas gehört von seinen berühmten Forschungen über das Zeitalter –«

»Gott bewahre mich!« rief Metella unterbrechend. »Sie wissen, ich bin nicht gelehrt wie Sie! Also ist er wohl Professor?«

»An der Universität zu B.,« nickte Adelheid. »Bereits ein Lumen in seiner Wissenschaft!«

»Nun, und wie haben Sie denn seine Bekanntschaft gemacht? Auch so durch gelehrte Beziehungen?«

»Eigentlich – ja! Aber unsere Bekanntschaft ist schon alt. Wir waren Jugendfreunde. Bei Lebzeiten meines Vaters trieben wir allerhand gelehrtes Zeug zusammen. Nachher, wie das so geht, kamen wir auseinander.«

»Haben Sie seine Frau gekannt?«

»Nein, auch nie gesehen.«'

»Aber die Kinder kannten Sie doch? Sie liefen Ihnen ja mit offenen Armen entgegen! Lassen Sie sich doch nicht alles so abfragen! Der Mann wird uns besuchen, man muß also doch wissen –«

»Nun ja, Kindchen! Es sind ja auch keine Geheimnisse. Also, da seine Frau starb, war ich in Rom, wo mir Bekannte davon Mitteilung machten. Es sind fünf Jahre her. Er jammerte mich tief mit seinen zwei Würmchen! Mittlerweile kam ich wieder nach Deutschland und erkundigte mich nach ihm. Ich erfuhr, daß er eine uralte Tante ins Haus genommen – wozu ihm denn auch nicht zu gratulieren war, da ihm keine besondere Erleichterung dadurch zuteil wurde. Vor einem Jahre hatte nun die alte Person die Schwachheit, zu sterben, und zwar zu einer Zeit, da beide Kinder am Scharlachfieber darniederlagen. Dieses Elend in der Familie ging mir denn doch nahe, und kurz, ich faßte mir ein Herz, rückte ihm ins Haus und erklärte ihm, ich würde bleiben, bis die Kinder wieder hergestellt wären. So wurde die alte Freundschaft erneuert.«

»Das sieht Ihnen ähnlich, Adelheid.« sagte Metella mit Anerkennung. »Und hätte er Sie nicht gern für immer bei seinen Kindern behalten?«

»Daß ich dafür nicht passe,« meinte Adelheid, »hatte ich bereits eingesehen. Bleiben! Verweilen! Festen Fuß fassen! Wie wäre das bei mir noch möglich! Da ich Ihnen schon mancherlei aus meinem früheren Leben mitgeteilt habe, werden Sie verstehen, daß ich mich als eine Art von Perpetuum mobile fühle. Lange Rast ist mir nicht mehr möglich. Und überdies – ich wünsche, daß Holmar sich wieder verheirate.«

Metella fand diesen Wunsch gerechtfertigt, und es fiel ihr nicht im leisesten auf, daß Adelheid sich vorweg aus der Reihe derjenigen auszuschließen schien, welche er wohl heiraten könnte. Denn wie sie die Freundin gleich überaus schätzte, so glaubte sie dieselbe doch ihrer Gesichtsbildung nach, in ihrem Wesen, in ihrer befremdlich gelehrten Bildung, in ihrem Urteil über die Männer, endlich in ihren Lebenswünschen und Forderungen weit entfernt von allem, was Neigung einflößen oder in ihr selbst eine Neigung wecken könnte. »Er war also noch Student, als Sie seine Bekanntschaft machten?« fragte Metella nach kurzer Pause.

»Er war's nicht mehr,« entgegnete Adelheid, »sah aber noch so aus, und zwar wie man dergleichen nicht alle Tage sieht. Und jetzt, mit fünfunddreißig Jahren – Sie sagten selbst, daß Sie ihn für jünger gehalten hätten. Ich war eigentlich niemals jung; jetzt aber, diesem Manne gegenüber, wird mir klar, daß ich alt, uralt bin!«

Sie lachte dabei; die schöne Frau aber erschrak förmlich und warf ihr ein halb unwilliges: »Nun, nun!« entgegen. Denn sie wußte wohl, daß sie und Adelheid gleichen Alters waren, und sie selbst fühlte sich noch jugendlich genug, zumal ihre gesellschaftliche Stellung ihr ein Recht dazu gab.

»Ja so!« rief Adelheid verstehend und noch herzlicher lachend, indem sie die Hand der Freundin ergriff. »Kindchen! das ist bei Ihnen etwas anderes. Sie sind noch sehr jung und werden es noch lange bleiben. Ich aber wurde schon vor zwanzig Jahren zum Altsein zugerichtet, und es hat so trefflich gefruchtet, daß ich jetzt mindestens zwanzig Jahre älter bin als Sie!« Sie lachte dabei ganz vergnügt, aber die schöne Frau konnte nicht mitlachen, da ihr solche Gespräche überhaupt unheimlich waren. Sie wußte den Gegenstand zu wechseln, und bald kam man auf die Beratung über einen größeren Ausflug, zu welchem die Damen heut' erst in der Gesellschaft aufgefordert worden waren.

Unterdessen schritt Holmar mit den Kindern seinem Tagesziele zu. Es war ein großes Luxusbad mit palastartigen Bauten und Villen für Sommergäste aus allen Weltgegenden, deren nicht alle nur wegen der Heilquellen hier Wohnung zu nehmen pflegten. Wurden viele von dem Reiz einer bunten Geselligkeit hergelockt, die ihren Sommerfasching feierte, so ließen sich andere durch die Schönheit der Gegend anziehen, um, nur mit flüchtigem Blick auf das farbenschillernde Treiben, die abliegenderen Wege durch Gebirg und Wald zu wandeln. Im eigentlichen Städtchen aber sind bescheidene Häuser und Straßen, wo man dem Werktag sein Recht einräumt, wo man sich um redlichen Verdienst müht, wo gearbeitet, gelehrt und gelernt wird, wie überall. Durch eine dieser Straßen fragte sich Holmar nach dem Hause des Gymnasiallehrers Gebhart, eines seiner ältesten Studiengenossen. Da wurde ihm aus einem Fenster ein freudiges Willkommen zugerufen, und gleich darauf empfing Gebhart mit seiner Frau und seiner Mutter die Ankommenden. Man hatte sie längst erwartet. Die Frauen waren unterrichtet, daß Holmar seine beiden Mädchen in Knabenkleidern mitbringen werde, und nahmen sich mit halb lachenden, halb bedauernden Gesichtern der kleinen Wandergesellen an, um sie zu erquicken und zu pflegen. Gebhart zeigte die lebhafteste Freude, nicht nur, daß Holmar den wiederholten Einladungen einmal nachgegeben, sondern auch, daß er den kleinen wissenschaftlichen Kongreß gerade nach seinem Wohnort verlegt habe. Es war ihm von Wert, nicht nur für seine Hausgäste, sondern auch für die gelehrten Herren den Wirt in der Stadt machen zu können. Die Erwarteten waren bereits eingetroffen und hatten sich nach Holmar erkundigt. Und da der Abend kam, ließ Holmar seine Kinder getrost unter der Obhut der Frauen, um mit Gebhart die wissenschaftlichen Genossen an einem bestimmten Orte aufzusuchen. Da die Verhandlungen derselben den Gang dieser Geschichte nicht sonderlich berühren, so mögen die Herren ihre Sache unter sich beraten.

Am anderen Morgen schritt Adelheid Pistorius allein durch den Garten ihrer Wohnung, welche sie mit ihrer Freundin teilte. Das gestrige Wiedersehen lag ihr in Gedanken und machte ihr mehr zu schaffen, als ihr eigentlich erwünscht war. – In der zwar einfach, aber gewählt gekleideten Dame, welche langsam durch die Gänge wandelte, war jene Adelheid von der Alpenwanderschaft kaum wieder zu erkennen. Schöner hatte sie freilich nicht werden können, aber dennoch sah sie besser aus. Ihre Züge waren reifer, energischer geworden, das Mürrische, Gleichgültige und Düstere war verschwunden und hatte einem Ausdruck von ruhiger Klarheit Platz gemacht. Ihre klugen Augen blickten scharf und ernsthaft über die krumme Nase, und das braune volle Haar, welches sie endlich nach Frauenart hatte wachsen lassen, umgab die hohe Stirn mit starker Flechte. Die einstige Phantasietracht hatte sie gleich nach dem Tode ihres Vaters abgeworfen. Wenn sie ihm mit der Pietät der Tochter bis zum letzten Augenblicke Gehorsam geleistet, so wollte sie nun nicht mehr den Sonderling spielen, sondern anderen Frauen gleich erscheinen. Wenn einst bei dem jungen Mädchen sich ein gewisser Trotz gegen diese äußeren Vorteile ausgesprochen, so war das mehr eine Art von Notwehr unter der Gewalt eines fremden Willens. Sobald dieser für sie nicht mehr da war, erwachte der weibliche Sinn in ihr und verlangte das nachzuholen, was ihr so lange verwehrt worden war. Jetzt wollte sie sich sogar mit Wahl, mit Geschmack gekleidet sehen. Sie blieb immer noch in bestimmten Grenzen, denn daß sie sich nicht schöner machen konnte, wußte sie; daher man auch ihre eleganteste Tracht eher etwas zu matronenhaft als ihren Jahren angemessen nennen konnte. – Sie fing eigentlich erst von dem Augenblick ihrer Freiheit an sich ihrer Natur gemäß zu entwickeln, und daß sie eine durchaus weibliche Natur war, darüber fühlte sie sich zuweilen selbst überrascht. Freilich richtete sich noch immer, wenn sie auch den unregelmäßigen Gelehrtenkram aus der frühen Jugend über Bord geworfen, ihr hauptsächliches Interesse auf wissenschaftliche Dinge. Geistig lebte sie doch in dem Bereich der Männer, in Büchern, in der literarischen und künstlerischen Welt, wie sehr sie sich immer bestrebte, unter Frauen zu sein und Frauenart zu bewahren. – Herr Pistorius war nicht eigentlich ein Verschwender gewesen, aber bei seiner Art zu reisen und in den Tag hinein zu leben, war die Hälfte seines Vermögens draufgegangen. Blieb für die Tochter somit kein großer Besitz übrig, so war es für ihre Ansprüche immer noch genug, um sich bequem und nach Belieben ihr Leben zu gestalten. Des Reisens war sie gründlich überdrüssig, aber doch schien sie den Boden noch nicht finden zu können, wo es ihr geeignet schien, Fuß zu fassen.

Da lernte sie einmal unterwegs Metella kennen, der sie bei ihrer Reiseerfahrung einige Dienste leisten konnte. Die junge Frau, harmlos wie ein Kind, schloß sich der Selbständigeren vertraulich an, und Adelheid fand so viel Gefallen an diesem Wesen, welches so ganz im Gegensatz zu dem ihrigen stand, daß sie sich bald mit ihr befreundete. Sie glaubte plötzlich eine Pflicht gefunden zu haben. Metella war so unselbständig, so erfahrungslos und, obgleich sie in der Gesellschaft lebte, so ohne Lebens- und Menschenkenntnis, daß Adelheid es sich zur Aufgabe stellte, erziehend auf sie zu wirken und ihren guten Willen auch auf das sehr verwöhnte Söhnchen zu erstrecken. Die Frauen kannten einander noch kaum ein Jahr, und obwohl sie Wohnung und Häuslichkeit für gewöhnlich nicht zusammen teilten, hatten sie sich so miteinander eingelebt, daß Metella in den meisten Fällen ihren Willen dem der Freundin anheimgab. In den meisten – in manchen gingen sie doch weit auseinander. Metella war schön, liebte es, den Männern zu gefallen und etwas übermütig mit ihnen zu spielen. Sie war sehr umringt und umworben, aber in dem einen Punkte selbständig genug, etwas ganz Besonderes für sich zu erwarten, wenn sie sich wieder verheiraten solle. Und sie hoffte es. Sie war ein lachendes Weltkind, aber mit gutem Herzen, und selbst wo sie innerlich berechnender schien, hielt Adelheid ihren Egoismus für verzeihlich. Nun hatte Metella gestern abend das Gespräch noch so oft auf Holmar gebracht, daß die Freundin den Eindruck, den dieser auf die schöne Frau gemacht, nicht verkennen konnte. Und als sie morgens allein durch den Garten schritt, sann und überlegte sie vielerlei. Ob ein solches Paar wohl zu denken sei? Ob Metella geeignet wäre, Holmar glücklich zu machen? Wie Holmar sich zu der schönen Frau stellen werde? Ob sie selbst hier etwas fördern solle, oder ob es besser sei, etwas zu hintertreiben, was kein dauerndes Glück verspreche? Aus ihrem Sinnen wurde sie aufgescheucht durch Lachen, Jauchzen und Händeklatschen. Hastig wendete sie sich, und sah Metella leicht wie ein junges Mädchen in zierlichem weißen Morgenanzuge hinter ihrem Knaben herjagen. Beide liefen auf sie zu, um sie zum Frühstück zu rufen. Metella brach im Vorübergehen eine Teerose, um sie vor die Brust zu stecken.

Sie saßen noch zu drei beim Frühstück unter der Veranda, als Boso ausrief: »Da geht der Herr von gestern!«

»Wer? Wo?« fragten die Damen.

»Der mit den Mädchen in Bubenkleidern! Da, er sieht her! Hier wohnen wir – hier!« Boso war aufgesprungen und schrie aus Leibeskräften über den Vorgarten hinweg.

»Um Gottes willen – Boso! Hast du gar keine Lebensart –?« rief Metella und wollte ungehalten sein. Schon aber lächelte sie, denn Holmar stand grüßend am Gitter und fragte: »Darf ich – ?«

Gleich darauf stieg er die Stufen zur Veranda hinauf. Metella wollte um Entschuldigung bitten für die Unart ihres Knaben, Holmar aber bat, seine eigene so frühe Störung zu verzeihen. »Es war,« sagte er, »nicht meine Absicht, schon jetzt vorzusprechen, doch bekenne ich, daß ich das Terrain etwas rekognoszieren wollte, um später keine Zeit zu verlieren.«

Metella lachte vergnügt über diese Offenherzigkeit. Er sei, fuhr er fort, auf dem Wege zur ersten Sitzung des wissenschaftlichen Kongresses, welcher nach der gestrigen freundschaftlichen Verhandlung den besten Erfolg verspreche. In den Morgenstunden von zwei, höchstens drei Tagen hoffe man mit den Beratungen fertig zu werden. Adelheid griff das Thema auf und ließ sich von dem Unternehmen wie von den gelehrten Herren erzählen. Der jungen Frau war das langweilig. »Da Sie die Nachmittage frei haben,« so redete sie dazwischen, »dürfen Sie demnach Einladungen annehmen – denn Ihrem Besuche geben wir vollgültigen Wert! Es gibt heut' einen Spaziergang in kleinerer Gesellschaft nach dem Försterhause. Wollen Sie sich uns anschließen?«

»Die Kinder geben Sie uns jedenfalls mit!« sagte Adelheid, »wenn Sie sich von Ihren Genossen nicht gut trennen können.« Holmar zeigte sich bereit zu dem einen wie zu dem anderen und verabschiedete sich, da die Stunde der ersten Sitzung gekommen war. Er reichte Adelheid die Hand, und es schien ihm nichts natürlicher, als sie auch der jungen Frau darzubieten. Sie gab sie ihm mit einem Lächeln der Überraschung, und er schüttelte sie ihr ganz ohne Umstände.

»Nein!« rief Metella vergnügt, nachdem er sich entfernt hatte, »nein, so ein Mann ist mir noch nicht vorgekommen! Er bekennt mit der naivsten Offenheit, daß er vor unserer Tür habe das Terrain rekognoszieren wollen, und beim ersten Besuch drückt er mir kameradschaftlich die Hand! Und das geschieht alles mit so guter Manier, ja eigentlich artiger, als wenn ein anderer die höflichsten Redewendungen ableiert. Adelheid –! Ich kann mir vorstellen, daß der in seiner Jugend ein Reisegefährte gewesen sein muß, den man nicht vergißt! Aber Sie waren gar nicht recht freundlich gegen ihn. Was haben Sie?«

»Ich bin in allem Ernst mit ihm unzufrieden!« entgegnete Adelheid. »Die Verkleidung seiner Töchter in Knaben hat mir einen so unangenehmen Eindruck gemacht –«

»Lassen Sie nur!« rief Metella munter. »In kurzer Zeit wollen wir ihn so weit haben, daß er uns noch dankt, wenn wir ihm bei der Entpuppung der Knaben in Mädchen beistehen!«

Die junge Frau machte sich heut' ganz besonders schön, und die Freude, bezaubernd auszusehen, durchleuchtete ihr Gesicht. Holmar kam mit den Kindern, und gemeinsam machte man sich auf den Weg. Und als sie so dahinschritten, die Kleinen voran, dachte Adelheid: Eine hübsche Familie! Die geborene Pistorius als eine Art von Schwiegermutter immer nebenher! Wer weiß?

Der Weg nach der Försterei, kaum eine halbe Stunde weit, führte durch den Wald, wo hier und da eine Gruppe, mit welcher man sich verabredet hatte, die Spazierenden bewillkommnete und sich ihnen anschloß. Es waren Damen und Herren, die letzteren in der Mehrzahl, jüngere und ältere; unter ihnen der Graf Lindberg, ein Witwer in den besten Jahren. Daß Metella der Mittelpunkt der Gesellschaft war, zeigte sich bald, und besonders suchte der Graf ihre Nähe immer wieder zu gewinnen. So kam man vor dem Försterhause an, rastete eine Weile bei einfachen Erfrischungen unter den Bäumen, um dann nach verschiedenen Aussichtspunkten wieder aufzubrechen. Holmar hatte es einzurichten gewußt, mit Adelheid ein wenig zurückzubleiben, und da Metella sehr umworben war und die übrigen sich auch unterhalten fühlten, schien man sich um die Nachzügler nicht zu kümmern. Bald waren alle hinter den Bäumen verschwunden, und langsam wandelten die beiden letzten nebeneinander. – »Adelheid!« begann Holmar nach einer Weile, »ich wußte um Ihren Aufenthalt und habe darum das Ziel meiner Reise hierher verlegt –«

»Da Sie es sagen, so glaube ich es,« entgegnete sie. »Haben Sie Gelegenheit gesucht, mit mir zu reden, so gebe ich sie Ihnen. Also ohne Umschweife, was wollen Sie mir sagen?«

»Dasselbe, was ich bei unserem letzten Begegnen zu Ihnen gesprochen! Sie wiesen mich ab, betraten mein Haus nicht mehr, und gingen davon; ich sollte nicht erfahren, wohin. Ein Jahr ist darüber vergangen. Ich habe alles ernstlich erwogen – meine Wünsche sind noch dieselben!«

»Holmar!« erwiderte Adelheid, deren Stimme eine unverkennbare Aufregung verriet; »wenn ich eitel wäre, dürfte ich sagen, das ist unerhörtes Glück für – mein Gesicht und meine Jahre! Ich weiß aber, daß dabei von Glück nichts für uns beide erwachsen kann. Geben Sie doch diese Torheit auf! Sie werden sich doch nicht weismachen, daß Sie das für mich fühlen, was die Männer Liebe nennen?«

»Ja!« sagte Holmar laut.

»Nein!« rief sie noch lauter. »Nein, sage ich, nein! Unterstehen Sie sich zu lügen.« – Holmar, dessen Züge sich verfinsterten, wollte reden, sie aber schnitt ihm das Wort ab: »Sagen Sie gar nichts! Ich werde Ihnen besser sagen, wie es um Sie steht! Sie halten mich für eine leidlich verständige Person; das freut mich, denn auch ich bin überzeugt, daß mein Verstand mich, Gott sei Dank, ganz gut durch das Leben bringt! Sie können mit mir über allerlei, sogar über Ihre gelehrten Dinge reden – das macht Ihnen Freude. Mir auch! Aber, Holmar, darum heiratet man eine solche Person noch nicht! – Sie wissen, daß ich Ihre Kinder lieb habe, darum meinen Sie, daß ich eine gute Mutter für die Kinder abgeben würde. Holmar, auch darum dürften Sie eine solche Person noch nicht heiraten! Aber Sie fühlen Freundschaft für mich – schön! vortrefflich! Auch ich nenne Sie mit voller Überzeugung meinen Freund, und ich bin aufrichtig froh, daß ich es kann; aber es liegt meinen Wünschen ganz fern, mich darum für das Leben an Sie zu binden. Gesetzt aber, es genügte zu meinem Lebensglücke – zu dem Ihrigen genügt es nicht! Sie sind dazu noch zu jung, und überdies – ich kenne Sie!«

Holmar sah die Sprecherin scharf und fragend an: »Nun? Was verbirgt sich hinter dieser Wendung?«

Sie stutzte über seinen Ausdruck und den Ton seiner Stimme. »Von der besten Seite kenne ich Sie, lieber Freund!« entgegnete sie einlenkend. »Ich glaube nun zu wissen, was für eine Frau Sie brauchen. Jedenfalls keine, wie ich bin, am wenigsten mich selbst. Sie brauchen Jugend, Lebensfrische, etwas Schönheit darf auch dabei sein, sonst schrumpfen Sie zusammen und büßen alle Elastizität des Gemüts ein. Daß Sie die Tollheit ausbrüten konnten, mich heiraten zu wollen beweist schon, wie weit es mit Ihnen gekommen ist!«

Schweigend gingen sie eine Weile nebeneinander her; der Mann mit finsterem, fast grimmigem Gesicht, Adelheid mit wohl beherrschten Mienen, wie in dem Gefühl einer ernst gemessenen Pflicht. Endlich begann Holmar: »Sie reden wie jemand, der der Sache innerlich ganz fern steht und sie nur mit dem Verstande betrachtet. Aber auch da überzeugen Sie mich nicht –«

»Das ist glaublich!« fiel Adelheid schnell ein. »Wenn man seit Jahr und Tag einen Plan hat in sich einwachsen lassen, so ist der nicht schon durch eine Stunde vernünftiger Gegenrede zu vertreiben. Vielleicht macht Ihnen die Geschichte noch ein Paar Tage lang zu schaffen. Dann aber muß es genug sein; denn ich habe nun zum letzten Male darüber gesprochen, und Sie wissen nun, daß ich – meine Freiheit um keinen Preis aufgebe.«

»Ah so! Also darum!« rief Holmar in einem Tone, der mehr bitter grollend als nur betrübt klang; »das ist freilich etwas anderes!«

»Nein!« entgegnete Adelheid schnell. »Es ist nichts anderes, sondern logische Folgerichtigkeit. Denn meine Freiheit ist in unserem Falle auch die Ihrige. Willigte ich in Ihre Wünsche ein, so wäre für Sie keine Möglichkeit, mit guter Art wieder loszukommen. Gesetzt auch, ich wollte festhalten – für Sie würde naturgemäß der Zeitpunkt eintreten, wo Sie sich nach Ihrer Freiheit oder sonst einer besseren Lage sehnten. Sie würden durch mich unglücklich sein, und Ihr Unglück wäre auch das meine. Darum kann ich sagen und wiederholen, daß ich meine Freiheit nicht aufzugeben denke. Schon um auch für Sie das bleiben zu können, was Sie bisher in mir gefunden zu haben glauben. Wäre mir in meiner Jugend ein annehmbarer Freier begegnet, ich hätte mit der Zeit vielleicht eine gute Hausfrau werden können. Inzwischen bin ich durch meine andauernde Erziehung aus der Art geschlagen, in allem bin ich krumm und verdreht geworden wie ein Pfropfenzieher, aber nicht so regelmäßig wie der. Für die Ehe tauge ich nicht mehr. Sie aber, Freund Holmar, sollen wieder heiraten. Wer weiß, ob ich Ihnen nicht eine Frau aussuchen könnte, die alles hat, was Sie brauchen!«

Holmar fuhr heftig auf: »Unterstehen Sie sich!« rief er. »Ich brauche Ihre eigenen Worte.« Es empörte seinen Stolz, in dem Augenblicke einer Enttäuschung zugleich eine Bevormundung über sich ergehen zu lassen.

Seine Begleiterin stutzte über diesen erregten Ton und schwieg. Es vergingen einige Minuten, ohne daß beide im Weiterschreiten ein Wort wechselten. Aus der Entfernung erschollen fröhliche Stimmen, helles Lachen, und dazwischen zeterten die Amseln mit zankendem Gekreisch, als ob sie sich diese Eingriffe fremder Töne in ihr Waldeigentum verbäten. Adelheid blieb stehen. »Holmar!« begann sie, »mit einem Mißklang wollen wir den Tag nicht abschließen! Sie werden bald einsehen, daß ich recht habe. Geben Sie mir die Hand! Wir wollen uns vertragen, als wäre unser Gespräch gar nicht geführt worden. Die Hand darauf, Holmar!«

»Nein! nimmermehr!« rief er schroff, die dargereichte Hand zurückweisend. »Mit einer so jämmerlichen Freundschaftsposse schließe ich nicht ab! Und jetzt hören Sie mich! So weit sind wir miteinander vertraut, daß ich offen sprechen darf. Sie wollen gegen mich den festen Charakter spielen, sind aber doch nicht geschickt genug, um sich unter dieser Maske zu verbergen. Es wäre denn, daß Sie sich über sich selbst täuschten. Das glaube ich nicht. Täuschen Sie sich aber nicht über Ihr eigenes Empfinden, so wollen Sie mich täuschen und belügen! Das ist auch wieder so unter dem großen Bewußtsein der Pflicht für andere ein Opfer, eine Selbstvernichtung, wobei Sie doch nicht klar genug denken! Denn daß durch Ihre Selbstvernichtung auch anderes mit erschüttert, zugrunde gerichtet werden kann, das übersehen Sie. Auch ein starrer Kultus der Pflichtmäßigkeit ist Eitelkeit! Sie schmeicheln sich, etwas Besonderes getan zu haben, und trotz dieser Genugtuung haben Sie dauernd gegen Ihr eigenes aufrührerisches Empfinden anzukämpfen. Eine schöne Belohnung für die Eitelkeit – ich wiederhole und betone es – für die Eitelkeit, die große Seele, den starken weiblichen Charakter zu spielen! Wozu diese ganze Posse? Adelheid – von dem

Tage an, da wir uns zum ersten Male gesehen, war ich in Ihrem Herzen – leugnen Sie es mir ins Gesicht, aber leugnen Sie es nicht vor Ihrer eigenen Seele! Sie liebten mich – ohne daß ich es ahnte! Ich war zu jung, um es zu erkennen. Es kam mir erst zum Bewußtsein, als ich selbst von tiefen Schmerzen und Kämpfen erfahren hatte. Da erwachte ich, da erst zog die tiefste Neigung für Sie in mein Gemüt, und wie Sie sich immer selbst vor mir verbargen, ich erkannte doch, daß mich noch niemand aus Ihrem Herzen verdrängt hatte. Und heut' – und hier – spreche ich noch dieselbe Überzeugung aus! Sie könnten mir für das Leben gehören – Sie möchten es sogar – aber nein! Das trotzig hochgespannte Bewußtsein, im Verzichten etwas zu leisten, betört Sie zur Gegenwehr! Wenn Sie sagen, es sei alles an Ihnen krumm und verdreht, so berichtige ich Sie dahin, daß alles bei Ihnen sonst in Richtigkeit steht, daß aber diese eine Regung – sei es Stolz, Eitelkeit, Selbstverhöhnung oder was sonst für ein Dämon, oder sei es auch etwas von Hause aus Edles und Gutes – daß diese eine Regung Ihre Natur verdrehen und verkümmern, Ihr Glück unterwühlen wird. Haben Sie, wenn ein Glück sich bietet, nicht mehr die Fähigkeit zu sagen: Ja, ich will glücklich sein. Dann gehen Sie mir mit der Seelenstärke und Charaktergröße des Ablehnens! Es ist grüblerische Selbstbespiegelung, es ist krankhafte Überspannung, es ist Schwäche, vor der ich gar keinen Respekt habe. Doch was rede ich! – Es sei genug!«

Adelheid erschrak, sie fühlte sich im Innersten ergriffen. Er hatte sie durchschaut bis in das Geheimste der Seele. Was sie selbst sich nicht klar gemacht oder zugestanden hatte, er sprach es aus als Tatsache, und sie schauderte und hatte kein Wort der Entgegnung. Immer schneller war sie dahingeschritten, zitternd vor Erregung, während er mit ernstem und bestimmtem Tone in ihr Gemüt und Gewissen redete – jetzt war es ihr wie eine Erlösung, daß Titus ihnen hastig entgegengelaufen kam und sie mit Holmar nicht mehr allein zu sein brauchte.

Titus flog so atemlos heran, kaum der Worte mächtig, daß Holmar, noch unter dem Bann innerer Bitterkeit, heftig auf das Kind losfuhr, indem er es wegen des schnellen Laufens schalt, das ihm schädlich sei. Als er aber den Schreck und die Tränen in seines Titus Augen sah, bereute er seine Heftigkeit und suchte einzulenken. Er nahm sein Töchterchen bei der Hand, streichelte seine Wangen und fragte in sanfterem Tone nach dem Grunde seiner Hastigkeit. Es kam denn heraus, daß Puck und Boso auf einem Baume säßen und nicht wieder herunter könnten. – Von Titus geführt, gelangte man zu einer etwas verkrüppelten jungen Eiche, deren Geäst kaum in Manneshöhe sich auszubreiten begann. Hier saß auf dem untersten Zweige Boso in recht hilfsbedürftiger Stellung, das zarte Gefieder stark verschoben und mit Spuren des Kletterns bedeckt, wahrend einen Ast höher Puck in ganz bequemer Stellung kauerte. »Ich war eher oben als Boso,« rief Puck, »und ich wäre auch schon wieder unten, wenn er nicht dazwischen säße, so daß ich nicht über ihn hinweg kann!« Holmar, zu Verhandlungen nicht aufgelegt, hob den Knaben herunter und öffnete die Arme, um dem zweiten Opfer der Abenteuersucht zu helfen. Dieses aber wollte sich dergleichen nicht gefallen lassen und erklärte mit der Entschiedenheit, wie sie einer Ehrensache geziemt, die Rückfahrt allein antreten zu können, und Holmar mußte lächeln trotz seiner ernsten Stimmung, als er seinen Puck regelrecht und gewandt herabklettern und auf dem Boden anlangen sah.

Ein Teil der Gesellschaft hatte sich zu der Gruppe gesammelt und stand beobachtend, lachend, händeklatschend dabei, während andere, unterrichtet, daß ein Mädchen in den Knabenkleidern steckte, mißbilligender dreinsahen. Diese Art väterlicher Erziehung sei denn doch höchst bedenklich, flüsterte man einander zu, und die Kinder müßten bald wieder unter die Obhut einer Mutter. – Die Gesellschaft vervollständigte sich mittlerweile, und auch Metella kam mit dem Grafen Lindberg und einigen anderen heran. »Wo ist denn Professor Holmar geblieben?« fragte sie, sich umschauend. Auch die Augen Adelheids suchten vergeblich nach ihm. Er hatte mit seinen Kindern einen Seitenpfad durch den Wald eingeschlagen und war mit ihnen bereits auf dem Heimwege begriffen.

Neben Adelheid, welche nach dem sie im Innersten aufregenden Gespräche ihre ganze Fassung zusammenzunehmen hatte, ging jetzt Graf Lindberg. Er war ein alter Bekannter von ihr aus Italien her, wo beide unter fast übereinstimmenden Schicksalen zusammengetroffen waren. Der Graf mußte mit seiner unheilbar kranken Gemahlin in Mailand liegen bleiben, und zwar in demselben Hause, in welchem Adelheid mit ihrem Vater zum letztenmal Wohnung genommen hatte. Herr Pistorius starb, und der Graf schenkte dem allein stehenden jungen Mädchen Teilnahme, suchte ihr sogar einige Dienste zu leisten. Dafür war Adelheid mit ihrer Hilfe bei der kranken Gräfin sogleich bereit und blieb noch ein paar Wochen bis zum Tode derselben in ihrer Nähe. Seitdem hatten die einzelnen Leidensgenossen nichts voneinander gehört; jetzt aber, bei einem Wiedersehen nach vielen Jahren, brachte die Erinnerung ihnen ein freundschaftliches Einverständnis. Durch Adelheid hatte der Graf die schöne Frau erst kennen gelernt, der er jetzt seine Huldigung darbrachte, eine Huldigung, welche augenscheinlich eine ernste war. Und da er bereits gemerkt hatte, daß Metella mit ihren Entschlüssen sich von der Freundin sehr abhängig gemacht hatte, so trug er dieser jetzt den Plan zu einem neuen, umfassenderen Ausfluge vor, der schon seit mehreren Tagen besprochen worden war, mit der Bitte, daß auch sie sich daran beteiligen möge.

Es handelte sich um eine Partie zu Pferde nach einem entfernteren Ziele. Wenn Adelheid und Metella zusagten, dann gab es eine Kavalkade von acht Damen und acht Herren, eine Doppelquadrille, von der man sich großes Vergnügen versprach. Als Kavalier für Adelheid hatte sich der alte Fürst N., mit einem russischen Namen, bereits erboten. Die Berittenen sollten ihren Weg durch den Wald nehmen, während andere am Feste Beteiligte zu Wagen vorausfahren wollten, um den Zug am Ziele mit Musik zu begrüßen. Ein Picknick und Waldfest, unterstützt durch eine landwirtschaftliche Niederlassung, genannt »Adlers Horst«, stellte die angenehmsten Stunden in Aussicht. – Adelheid war von Jugend auf mit ihrem Vater in Griechenland, in Italien, in Ägypten, und zwar in ihren einstigen Eulengewändern, so viel zu Pferde gewesen, sie hatte sich später bei ihren Gastfreunden in England regel- und kunstgerecht im Reiten einschulen lassen, so daß sie einen solchen gesellschaftlichen Ausflug mit unternehmen durfte. Sie ging, während der Graf diesen Plan und seine Bitte vortrug, in ganz andere Gedanken versenkt und kaum halb zuhörend dahin, und um das Gespräch nur nicht zu verlängern, sagte sie zu allem ja und versprach ihre Beteiligung. Als Adelheid abends in ihr Zimmer zurückkehrte und sich allein wußte, warf sie sich erschöpft in einen Sessel, um von sich abzutun, was sie an Gesprächen und leerem Redekram hatte müssen an ihr Ohr klingen lassen, und sich ganz dem Eindruck hinzugeben, den Holmars letzte Worte ihr hinterlassen. Jede Wendung, fast jeder Satz hatte ihr Inneres getroffen, als etwas Unerwartetes, Erschreckendes und nur zu richtig Beobachtetes. Ihre Liebe war von ihm erkannt worden – und in ihrem Schweigen mußte er ein Zugeständnis erblicken! Die mühsam erkämpfte Energie, ihres Rückhaltens, ihres Selbstaufgebens wollte er einer Schwäche gleich erklären: sie sollte die Rücksichtslosigkeit haben, gegen ihre künstlich erzwungene zweite Natur, glücklich sein zu wollen – hieß das nicht das Recht einer Leidenschaft in ihr anrufen, die noch nie in ihr erloschen war? Nein, niemals! Als vor Jahren der erste Sturm, den seine Verbindung mit Dora über sie gebracht, nachgelassen hatte, faßte sie den Entschluß, mit sich in Ordnung zu kommen. Es sollte zu Ende sein und sie gewann viel über sich. Sie glaubte sich fest gesichert gegen sich selbst, als sie ihm dann bei der Krankheit seiner Kinder ihre Hilfe bot. Sie täuschte sich in ihrem Herzen, aber auf ihre Fassung durfte sie bauen. Als er ihr seine Hand antrug, durchströmte sie das Gefühl höchsten Glückes, und dennoch wies sie ihn ab und entfloh ihm. Sie fürchtete ihre Unvollkommenheit ihm gegenüber, sie fürchtete das Schönere, das ihm einst neben ihr in die Augen fallen konnte, sie fürchtete eine Enttäuschung für ihn und für sich. Viel von dem, was sie dem Freunde heut' entgegnet hatte, war ihre Überzeugung – nicht des Herzens, aber des Verstandes. Und nur der Verstand sollte bei ihrem Denken und Handeln den Ausschlag geben. Aber in was alles hatte sie sich mit diesen verständigen Reden heut' hineingeredet! Er nannte es wegwerfend eine Posse – und Adelheid wußte in diesem Augenblick, daß es eine Posse war! Eine Rolle, die sie sich selbst so lange vorgespielt hatte, bis sie glaubte, daß es ihre wahre Natur sei. Und nun hatte sie ihn zurückgewiesen, zum zweitenmal, mit sehr bestimmten Worten; und sie wußte jetzt, daß er eine wahrhafte Neigung zu ihr empfinde, und sie fühlte, daß es in ihr aufquoll, als ob eine mühsam unterdrückte Leidenschaft sich jetzt erst mit Gewalt Bahn brechen wollte. Jetzt, da vielleicht alles für sie verloren war! Sie schlug die Hände vor das Gesicht, als gelte es, Tränen, die sie herannahen fühlte, zurückzudrängen. Vorwürfe gegen sich selbst, Trostlosigkeit und doch ein unnennbares Glück, von ihm geliebt zu sein – wenn auch mit Groll und Tadel, wenn auch vielleicht, um nur von ihm aufgegeben zu werden – es war ein sonderbares Gemisch von erhebenden und niederdrückenden Empfindungen, die durch ihre Seele gingen. Eine Stunde hatte sie im Dunkeln gesessen, da hörte sie an die Tür pochen. Metella schickte ihre Dienerin, mit der Bitte, das Fräulein möge ihr zu Hilfe kommen, da Boso gar zu unartig sei und nicht zu Bette gehen wolle. Adelheid erhob sich, richtete sich straff in die Höhe, ihre Hände ballten sich fast unter dem entschiedenen Vorsatze, daß sie nun wieder Fräulein Pistorius sein wolle. Sie ging hinüber und fand die ratlose junge Mutter fast weinend gegenüber der Ungezogenheit ihres Lieblings. Adelheid ließ sich kurz berichten, um was es sich handelte, und ergriff dann den Knaben, um ihm ein paar tüchtige Ohrfeigen zu versetzen. Schnell nahm sie darauf den Arm der erschreckten Mutter, welche über eine so bestimmte und rauhe Handlungsweise fast ebenso aus der Fassung geraten wollte wie ihr Sohn. Während Boso aus Leibeskräften hinter den Frauen herbrüllte, führte Adelheid Metella in das Nebenzimmer. Die Exekution hatte ihr wohl getan, zumal sie sich sagen durfte, recht gehandelt zu haben. Nicht so Metella. Diese wollte zurück, um ihren Knaben zu beruhigen. Die Freundin aber hielt sie neben sich fest. »Lassen Sie ihn sich ausschreien!« sagte sie, »nachher wird er gefügiger werden.« Metella wendete ein, der Knabe sei noch nie geschlagen worden, und sie halte es überhaupt für schädlich, ihn so in seiner Ehre zu verletzen. »Er läßt schon nach,« entgegnete Adelheid, »und bald wird er aufhören zu schreien. Und ich versichere Sie, morgen wird er sogar gegen mich artiger sein als sonst. Wenn Sie selbst in Ihrer Kindheit niemals einen Klaps bekommen haben – gut, es wird nicht nötig gewesen sein. Was mich betrifft, so kann ich auf eine ganze Reihe scharfer Ohrfeigen – nötig oder nicht – von der Hand meines Vaters zurückblicken. Die letzte erhielt ich als Mädchen von sechzehn Jahren. Ich machte es freilich auch arg genug, denn ich suchte auf dem Posilip das Grab des Cicero. Nach diesem Denkzettel weiß ich bestimmt, daß auf dem Posilip nicht Cicero, sondern Virgil begraben ist. Ich versichere Sie, bei der männlichen Erziehung wird eine Menge Kenntnisse philologisch-historischer Art in dieser Manier dauerhaft gemacht!«

Metella lachte, zumal Boso sich wirklich beruhigt hatte und, wie die Dienerin meldete, zu Bette gegangen war. Und da Adelheid zum Schluß das gelehrte Gebiet berührt hatte, kam durch eine nicht zu kühne Gedankenverbindung Metella schnell auf Holmar zu sprechen. »Er scheint denn doch ein wunderlicher Mann!« sagte sie. »Heute morgen noch die naivste und angelegentlichste Zuvorkommenheit, und nachmittag auf unserem Waldspaziergange entfernt er sich von uns, geht uns endlich ganz davon!« Adelheid wollte aufrichtig sein und wenigstens bekennen, daß sie sich länger mit ihm unterhalten habe, aber Metella schnitt ihr die Rede ab, indem sie fortfuhr: »Man sollte ihn zu überreden suchen, sich an der Reitpartie zu beteiligen! Er würde zu Pferde gewiß eine gute Figur machen. Überdies – einige von den Herren sind nicht sehr unterhaltend.«

»Aber doch Graf Lindberg?« entgegnete Adelheid lächelnd.

»Nun ja doch!« meinte Metella. »Unterhaltend ist er wohl; ein gebildeter Mann, und auch recht artig. Aber dennoch – er ist nicht eigentlich apart. Man redet zusammen immer dasselbe; was man dort und da in der Welt gesehen hat, wie die Saison im Winter in B. gewesen, welche Gegend man in diesem Sommer bereist hat und welche man für den nächsten wählen möchte.«

»Ja, was meinen Sie denn, daß Professor Holmar Schönes mit Ihnen reden würde?« fragte Adelheid. »Der steckt immer in Büchern bis über die Ohren. Würde es Sie sehr unterhalten, wenn er Ihnen von Kelten, Pelasgern oder Petschenegen erzählte?« »Ich weiß nicht, was das für Leute sind – aber es müßte ganz interessant sein, sich darüber von ihm unterrichten zu lassen. Sie scheinen keine gar zu günstige Meinung mehr von Ihrem Jugendfreunde zu haben. Ich denke besser von ihm und wage es darauf, ihn zu unserer Partie aufzufordern.«

»Dann wäre er aber in der schönen Quadrille überzählig,« warf Adelheid ein. Metella sah sie überrascht an, sie mußte zugeben, daß der Zuwachs nicht in den Plan der übrigen paßte. »Wer weiß auch, ob er reiten kann?« fuhr Adelheid fort, indem sie sich erhob. »Gelehrte wie er haben meist nicht Gelegenheit gehabt, sich zu Pferde zu üben. Und ich wünschte des Rosselenkens auch unkundig zu sein, dann wäre ich nicht in die Gefahr gekommen, zu dieser Partie aufgefordert zu werden. Eine Eule gehört nicht in den Sattel.« Sie verabschiedete sich zur guten Nacht, und ließ die Freundin etwas verstimmt zurück. Denn Metella, in einem einzigen Kreise aufgewachsen, ohne Kenntnis anderer Lebensgebiete und eigentlich ohne besondere Erfahrung, konnte sich nicht vorstellen, daß ein Mann wie Holmar nicht auch ein gewandter Reiter sein sollte. Andererseits verdroß es sie, daß Adelheid, die den Mann doch genauer kannte, im Gespräch über ihn so wenig ausgiebig blieb und nicht mehr die beste Gesinnung von ihm zu haben schien. Endlich aber hoffte sie doch etwas ausfindig zu machen im Laufe der drei Tage, die man noch Zeit hatte, ihn, wenn nicht unter den Berittenen, doch in der größeren Gesellschaft auf dem Festplane zu sehen.

Adelheid aber bereute sorgenvoll, ihre Beteiligung zugesagt zu haben. Je mehr sie es überlegte, desto mehr bestärkte sich ihr Entschluß, die Zusage zurückzunehmen. Vorauszusehen war freilich, daß Metella eine Scheu tragen werde, allein das Fest mitzumachen, und daß der ganze Plan durch die Absage zweier Damen eine Änderung erfahren müßte. Aber ihr war die Gesellschaft so gleichgültig, daß sie Vorwürfe und üble Meinung kühlen Mutes würde ertragen haben. Nun aber erschien am anderen Morgen Graf Lindberg voll freudigen Dankes und war überrascht, ja bekümmert, daß sie sich anders besonnen; es gab eine lange Unterhaltung, ein inständiges Anliegen, und endlich ließ es Adelheid, ärgerlich über sich selbst und über die Leute, bei ihrer Zusage bleiben.

Der Tag des Festes rückte heran, und damit verstrich auch die Zeit, welche der gelehrte Kongreß sich für seine Beratungen gesetzt hatte. Holmar war nicht wieder erschienen. Adelheid wußte nicht, ob er noch am Orte verweile oder abgereist sei, ohne ihr ein Lebewohl zu sagen. Und an einem Lebewohl wenigstens hing sie heut' mit ganzer Seele. In so bedrängter Stimmung sollte sie jetzt mit vornehmen Leuten, zu welchen sie sich nicht gehörig fühlte, eine Maskerade aufführen, die ihr abgeschmackt, läppisch, widerwärtig erschien. Sie verwünschte den ganzen Kreis, in welchen sie geraten, sie verwünschte ihre eigene Dummheit, sie betrachtete ihr Reitkleid mit einer Regung, die noch verächtlicher war als jene gegen die Phantasiekapuze, in welcher sie durch ihre Jugend hatte wandern müssen.

Auch Metella war nicht des besten Humors. Sie hatte von Tag zu Tag auf Holmars Besuch gerechnet, und er war nicht erschienen. Die verwöhnte junge Frau fand eine solche Vernachlässigung denn doch unverantwortlich, und in dem aufsteigenden Groll gegen ihn beschäftigte sie sich innerlich mehr und mehr mit ihm. Mochte er immerhin »ein bißchen apart«, ein wenig Sonderling sein, so weit durfte das Sonderlingswesen nicht gehen, erst ein Interesse hervorzurufen und darauf die unhöflichste Gleichgültigkeit zu zeigen. Aber er konnte ja auch plötzlich krank geworden sein! Sie verwarf den Gedanken. Davon würde man denn doch gehört haben! Überdies, wer wird denn an einem solchen Vergnügungsorte so leicht krank? Noch dazu ein so stattlicher Mann! Nein, sein Ausbleiben war Ungezogenheit, unverzeihliche Verletzung der gesellschaftlichen Form! – Metella warf nicht minder verstimmte Blicke auf ihr Reitgewand als Adelheid; sie wäre am liebsten ganz von dem Feste weggeblieben. Ja, wenn sich die Freundinnen nur darüber hätten verständigen mögen, sie wären noch im letzten Augenblick froh gewesen, ihre Reitkleider beiseite legen und der Gesellschaft von ihrer Veranda aus nachschauen zu können. Aber die Damen, da sie auch gegeneinander einiges auf dem Herzen hatten, hielten sich jede in ihren Gemächern und rüsteten ihren Anzug in einer Laune, die nichts weniger als festlich war.

Schon harrten die Reitknechte mit den Pferden im Hofe. Die Kavaliere trafen rechtzeitig ein, und die beiden Paare ritten nach dem Versammlungsorte. Wagen auf Wagen rollte an ihnen vorüber, welche nach dem Zielpunkte vorausfuhren; es war ein fröhliches Grüßen herüber und hinüber, man schien von dem Waldfeste viel zu erwarten. Auch bei dem Stelldichein der Berittenen blieben viele stehen, um sie wenigstens abreiten zu sehen. Denn es gab schöne Frauengestalten zu bewundern, darunter einige kühne Reiterinnen, welche die Ungeduld der Rosse eher zu erregen als zu zügeln suchten. Endlich setzte sich der aus acht Paaren bestehende Zug in Bewegung.

»Wenn die nur unterwegs nicht naß werden!« sagte eine prosaische Stimme unter den zurückgebliebenen Spaziergängern. Andere betrachteten die Luftstimmung jetzt erst genauer und bemerkten das Heranrücken eines Gewitters. Aber es konnte noch lange zögern, vielleicht verzog es sich auch. Die Berittenen bemerkten es gar nicht, da sie in einen Waldweg einbogen, der unter dichten Zweigen erquickenden Schatten gewährte. Man war guter Laune und versuchte sich in verschiedenen Schrittweisen. Die Herren wechselten um der Unterhaltung willen wohl einmal die Plätze, um sich nach kurzem wieder zu ihrer Dame zu gesellen. So kam man an einen Kreuzweg, wo sich ein kleiner Streit erhob über die Richtung, welche man einzuschlagen hätte. Der Kavalier, welcher den Zug führte, – ebenso fremd in dieser Gegend wie alle übrigen, – zog eine Waldkarte hervor, und nachdem er sie geprüft hatte, sagte er lächelnd: »Wir sind bei unserer vortrefflichen Unterhaltung überhaupt von der Richtung abgekommen und auf einem starken Umwege begriffen.« Der Sprecher war ein würdiger alter Herr, den man den Irrtum nicht entgelten lassen mochte. Man lachte, beriet sich mit ihm, und folgte seiner ferneren Führung an der Hand der Waldkarte. Plötzlich erdröhnte ein so heftiges Grollen des Wetters, schon in der Nähe, daß man überrascht aufblickte, und als man an einer Lichtung vorüberkam, sah man erst, daß eine dunkle Wolkenwand schon hoch genug stand, um bald die Sonnenstrahlen zu verdecken. Um bei den Damen jeder Bangigkeit vorzubeugen, wurden die Herren nur heiterer, trieben Possen und machten den Wald von Gelächter widerhallen.

Da flog ein Hut vom Kopfe, getrieben von einem Windstoße, der die Wipfel beugte, die Zweige ächzen machte. Ein Rauschen, Prasseln, Heulen fuhr durch den Wald, der Regen ergoß sich in voller Wucht nieder und das mächtige Hagelwetter brach verheerend los.

Es streute Blätter, zerrissene Äste, erschlagene Vögel über den Weg, der Sturm rüttelte an den Stämmen, daß die Wurzeln erbebten. Blitzstrahl und Donnergekrach folgten einander unmittelbar, das Gebirge dröhnte unter nicht endendem Widerhall; es war, als ob schwarze, drohende Wetter sich aus allen Himmelsgegenden zusammendrängten. Die Herren hielten sich dicht an der Seite ihrer Damen, um bei einem Scheuwerden ihres Pferdes in die Zügel greifen zu können. Das Lachen hatte aufgehört, denn alle fühlten sich durchnäßt, vom Hagel schmerzhaft überschüttet, und in der fast zur Nacht gewandelten Walddämmerung hatte man die Richtung nochmals verloren. Zwar erschien wiederum eine Kreuzung verschiedener Schneisen, aber die Karte war schwer zu befragen, und man hielt ratlos in der Mitte. Ein Blitzstrahl fuhr in eine Tanne, spaltete sie zur Hälfte nieder und warf Splitter und Äste über den Weg. Die Pferde bäumten sich, eine gefahrvolle Verwirrung brach in der Gruppe der Reiter aus. Und als gleich darauf ein neuer Feuerstrahl mit fürchterlichem Krachen im Walde niederschlug, gehorchten die Pferde keiner Lenkung mehr, jagten von Todesangst gescheucht davon, dahin und dorthin, die Reiter voneinander trennend.

Adelheid sah den Grafen Lindberg in ihrer Nähe mit dem Pferde stürzen, dann sah sie kaum noch etwas, denn sie hatte alle Kraft nötig, sich auf ihrem scheu gewordenen Tier zu halten. Dieses trug sie in rasendem Laufe einer anderen Reiterin nach in eine Seitenschneise, keuchend, an die Bäume rennend, jeden Augenblick in Gefahr zu straucheln und zusammenzubrechen. Glücklicherweise ging die Schneise stark bergan. Die Kräfte der Tiere erschöpften sich, sie kamen zitternd und bebend zum Stehen und wurden mittlerweile ruhiger und wieder lenkbar. Adelheid erkannte Metella, welche blaß und halbtot vor Erschöpfung aus dem Sattel sinken wollte. Sie sprach ihr Mut ein, denn die beiden Frauen, jetzt ganz auf sich selbst angewiesen, brauchten den Rest ihrer Kräfte und brauchten Geistesgegenwart. Für sie war es eine Wildnis, in der sie sich befanden, und dazu goß der Regen noch in Strömen, und immer neue Schauer schienen heraufzuziehen. Sie mußten reiten, wohin der Weg sie eben führte. Endlich wurde ein Zaun von Stangen durch das Gebüsch bemerkbar, dann ein Stück Gartenfeld, ein niedriges Dach – das Häuschen eines Waldhüters war erreicht. An den

Fenstern aber zeigten sich Gesichter, Gelächter erscholl von innen. Die Frauen nahmen an, daß ein Teil ihrer Gesellschaft hier ein Asyl gefunden, und hielten vor der Tür. Der Waldhüter half ihnen aus dem Sattel, erklärte aber, daß er die Pferde nirgends unter Dach bringen könne. Metella hörte nicht darauf und eilte über die Schwelle, und Adelheid folgte ihr.

Aus der niedrigen Stube scholl ihnen ein vierstimmiges Lachen halb des Willkommens, halb der Verhöhnung entgegen. Zwei Herren und zwei Damen empfingen die Ankommenden. Sie sprachen französisch, die beiden Herren ebenfalls, doch mit stark überseeischem Akzent. Adelheid und Metella beschlossen nur deutsch zu reden, und zwar mit dem Wirt und seiner Frau, welchen sie das unglückliche Abenteuer mitteilten. Metella war so erschöpft, daß sie auf einen Schemel sank, während Adelheid mit den Hausbewohnern die Möglichkeit beriet, nach der Stadt zurückzugelangen. Sie suchte dabei die boshaften Bemerkungen zu überhören, welche in fremdländischer Zunge von den Mädchen über die »schöne Amazone«, wie sie Adelheid nannten, ergingen. Überdies forderte der Zustand der Toilette der Reiterinnen sie zum Spott heraus. Metella erschien ohne Hut, das Kleid zerrissen; Adelheid entdeckte erst durch die Bemerkungen der Mädchen, daß auch ihr Gewand in üblem Zustande war.

Die andere Gesellschaft hatte von besserem Glück zu sagen. Auch sie war hinausgefahren, um auf das Fest einen Blick, wenn auch nur der Lustigmacherei, zu werfen. Bei guter Zeit ausgerückt, beschlossen sie auszusteigen, um noch einen Waldspaziergang zu machen und ihren Wagen am Zielpunkte wieder zu treffen. Bei dem ausbrechenden Gewitter konnten sie sich noch trocken unter Dach flüchten, wo sie die Lage scherzhaft genug nahmen.

Das Wetter aber tobte ohne Unterlaß fort. Bei jedem Blitz- und Donnerschlag kreischten die Mädchen laut auf, um hinterher in ein schallendes Gelächter auszubrechen. Dazwischen suchte die Frau des Waldhüters ihr schreiendes Kind zu beruhigen, während die jungen Herren ein herausforderndes Spiel mit einem großen Hunde trieben, dessen Gebell das Hauskonzert noch ohrenzerreißender machte. Metella, in Verzweiflung und einer Ohnmacht nahe, saß am

Fenster, während Adelheid, neben ihr stehend, in das Regengeriesel hinausblickte.

Die fremdländisch redende Gesellschaft wurde mit der Zeit doch ungeduldig. Und da der Regen, schnell wie er gekommen, aufhören zu wollen schien, hatte man Lust aufzubrechen. Da man von dem Wirte erfuhr, daß es von seiner Wohnung nicht weit nach dem Adlershorst sei, wollte man diesen überreden, den Wagen von dort holen zu lassen. Aber daran war nicht zu denken. Kein Kutscher aus der Stadt würde sich dazu verstehen, hierher zu fahren, behauptete er; eher wolle er den ihrigen nach dem Punkte der großen Straße bestellen, wo sie ausgestiegen waren. Adelheid gab ihm noch den Auftrag, sich zu erkundigen, ob Damen und Herren zu Pferde dort angelangt seien, und in diesem Falle zu melden, daß sie selbst fürs erste geborgen wären. Sie schrieb ihren und Metellas Namen auf ein Stück Papier, welches sich vorfand, indem sie dem Waldhüter noch einschärfte, nachzufragen, ob in irgend einem Wagen Plätze für sie zu finden wären.

Während die vier Fröhlichen bereits vor die Tür traten, die nassen Waldwege betrachteten, in welche sie sich bald wagen sollten, den Hund unter Geschrei und Gelächter durch Wasserlachen und Pfützen apportieren ließen und mehr dergleichen anmutige Possen trieben, saßen Adelheid und Metella allein in der Stube. Beide in gedrücktester Stimmung über ihre eigene Lage, dazu in Besorgnis über das Schicksal der zerstreuten Festgenossen. Denn Adelheid, die den Grafen Lindberg hatte stürzen sehen, vermutete Schlimmeres, während Metella an ihrer eigenen Hilfsbedürftigkeit gerade genug hatte, um endlich in Tränen auszubrechen.

Nach Verlauf einer Stunde kehrte der Waldhüter zurück mit der Botschaft, daß der Wagen für die vier Vergnügten bereits unterwegs sei, um die Gesellschaft an ihrem Aussteigepunkte auf der großen Fahrstraße zu erwarten. Von den Berittenen sei niemand angelangt, auch kein einziges Fuhrwerk mehr am Orte, doch habe er den Zettel für alle Fälle zurückgelassen.

So konnten denn die eleganten Jünglinge mit ihren Damen die Hütte verlassen, bald über Wasserlachen des Weges springend oder fehltretend, immer unter Gelächter und Geschrei, mit denen sie den Wald erfüllten.

Die Freundinnen atmeten auf, als sie sich endlich von dieser Gesellschaft befreit sahen. Aber sie empfanden doch nur eine augenblickliche Erleichterung ihrer Lage. Sie mußten daran denken, einen Wagen aus der Stadt holen zu lassen, denn zu Pferde konnten sie nicht zurückkehren. Der Waldhüter, welcher bereits einen guten Botenlohn von den verschwenderischen jungen Herren empfangen hatte, stellte sich freiwillig den Damen für den Gang nach der Stadt zur Verfügung.

»Da kommen noch zwei!« rief die Frau des Waldhüters, welche, ihr Kind auf dem Arme, durch das Fenster blickte. Zwei Männer unter Regenschirmen wurden zwischen den Baumstämmen sichtbar.

»Holmar –!« rief Adelheid mit einem Ausdruck der Stimme, daß Metella überrascht in ihr Gesicht sah. Sie blickte in Züge, die von Freude verklärt, in Augen, die von innerem Glück erleuchtet waren. Es durchzuckte Metella, denn ihr weiblicher Scharfblick machte eine Beobachtung, die sie nimmermehr erwartet hatte. Sie liebt ihn! Das war ihr plötzlich klar geworden, und ein scharfes Gefühl von Eifersucht und Feindseligkeit ging durch das Herz der jungen Frau. Adelheid war hastig der Tür zugeschritten, um Holmar zu begrüßen. Schnell aber wendete sie sich und stellte sich so, daß sein erster Blick auf Metella treffen mußte. Es geschah. Diese, obgleich in den letzten Tagen nicht gut auf ihn zu sprechen, schritt ihm schnell und freundlich entgegen, ihm dankend für die Hilfe, welche er zuversichtlich bringe. Er bestätigte, daß er einen Wagen für die Damen bereit halte, und stellte seinen Freund Gebhart vor, der sich bescheiden zurückgehalten hatte.

Es ist noch kurz zu erzählen, wie Holmar zu einer Kenntnisnahme des verunglückten Festes gelangt war. Von der Reitpartie hatte er nichts gewußt, da er, mit Gebhart in ganz anderem Gedankenkreise lebend, sich um das Treiben der eleganten Welt nicht bekümmerte. Zufällig befand er sich zur Stunde des ausbrechenden Gewitters mit Gebhart in der Nähe des Kurhauses, in welches sie sich noch flüchten konnten. Hierher gelangten Schlag auf Schlag die Nachrichten, durch welche er von dem Feste erst erfuhr, zugleich daß Adelheid und Metella dabei beteiligt waren. Da hatte man nun zuerst ein lediges Pferd versprengt hereinkommen sehen. Dann eine einzelne Dame, um noch in den Anlagen mit ihrem Tier zu stürzen und halbtot in den Kursaal getragen zu werden. Dann folgten heimkehrende Wagen voll geängstigter Gesichter und zerstörter Toiletten. Zwischen Donner und Hagelschauer ein Paar Reiter ohne ihre Damen, fortgerissen von ihren durchgehenden Pferden. Dann wieder ein Trupp von Reitern, und Wagen auf Wagen, deren Insassen es vorgezogen, vor dem Zielpunkte umzukehren – denn an die Freude im Grünen, zwischen Leinwandzelten, war doch nicht mehr zu denken. Holmar eilte in Adelheids Wohnung. Die Damen waren nicht zurückgekehrt. Unruhig wartete er eine Weile, bald aber trieb es ihn wieder hinaus. Die Gewitter schienen sich entladen zu haben, aber der Regen strömte noch ausgiebig nieder. Holmar beschloß einen Wagen zu nehmen und mit Gebhart nach dem Adlershorst zu fahren. Dort angelangt, fanden sie Adelheids Angabe, daß sie sich in der Hütte des Waldhüters befänden, wohin Gebhart, der hier die Gegend genau kannte, den Führer machen konnte.

Die Damen durften es sich jetzt nicht verdrießen lassen, den nassen Fußweg durch den Wald bis zu seiner Mündung in die Fahrstraße zu Fuße zurückzulegen, und sie waren schnell dazu bereit, innerlich schon erleichtert durch die unverhoffte Hilfe. Holmar war unterwegs sehr aufmerksam gegen Metella, welche um seinen Arm bat und sich zu größerer Heiterkeit, als sie empfand, zu zwingen wußte. Auch im Wagen konnte er sich nur mit ihr unterhalten, da Adelheid stumm und verschlossen dasaß und ihre Züge sich mehr und mehr verschärften, je mehr sich Metella in erkünsteltem Scherz erging. Holmar richtete einen besorgten Blick auf sie und fragte, ob sie ein Unwohlsein empfinde. Sie verneinte es, und es durchschauerte sie doch, als ob sie eine schwere Lüge gesägt hätte.

Es dunkelte bereits, und es war Zeit, daß man nach Hause gelangte, denn den Frauen wurden die durchnäßten Gewänder empfindlicher. Metella reichte, nachdem sie ausgestiegen, Holmar die Hand, dankte für die Hilfe und schlüpfte in ihre Gemächer. Adelheid wollte das gleiche tun, wurde aber durch Holmar zurückgehalten »Nicht einmal die Hand reichen Sie mir?« sagte er. »Warum begegnen Sie mir mit so absichtlicher Kälte?«

Sie zögerte einen Augenblick, dann entgegnete sie mit lebhaft erregtem Tone: »Es ist nicht Kälte, sondern Unbeholfenheit meiner

Natur! Ich tadele mich selbst, eine Torheit begangen zu haben, und verstehe Ihre Mißbilligung, daß ich mich in eine Gesellschaft begeben habe, in die ich nicht gehöre. Es ist ein Glück, daß ich dabei zu Schaden gekommen bin!«

»Ich habe nichts zu mißbilligen, Adelheid, was Sie tun,« sagte Holmar. »Und wenn ich es täte – was brauchen Sie darauf Gewicht zu legen? Sie haben sich nach Ihrem Wesen und Charakter Ihr Leben bestimmt vorgezeichnet, so daß ich nur respektieren kann –«

»Hüten Sie sich vor Unwahrheiten!« rief sie nur noch erregter. »Respekt vor meinem Denken und Handeln? Vor meinem Charakter? Sie haben mir selbst gesagt, daß Sie davon nichts empfinden! Wenn Sie nicht einmal mehr Tadel, nicht einmal Mißbilligung für meine Torheit fühlen, dann ist Gleichgültigkeit an die Stelle Ihrer Freundschaft getreten, und Sie beleidigen mich durch Heuchelei, wenn Sie noch den besorgten Freund spielen!« Der Ausdruck der Sprecherin hatte etwas geradezu Leidenschaftliches angenommen, wie Holmar noch nie bei ihr erkannt hatte. Sie fühlte es, erschrak über sich selbst und eilte an ihm vorüber in ihr Zimmer.

Holmar ging nachdenklich nach Hause. Sie entfaltet immer neue Seiten, dachte er, und ist eine noch reicher angelegte Natur, als ich in ihr zu kennen glaubte. Das neu entdeckte leidenschaftliche Wesen konnte ihm nicht mißfallen, da es ihre Neigung zu ihm deutlich genug verriet. Er glaubte sogar herauszufühlen, daß ein Zug von Eifersucht gegen die schöne Freundin dabei mitspiele. Aber Holmar war nicht der Mann, eine kleine Intrige anzuspinnen, um, was er liebte, zu quälen und dadurch den Widerstand zu brechen. War er höflich gegen die schöne Frau gewesen, so lag ihm ganz fern, ihr den Hof zu machen, ihr lügnerisch zu huldigen, während der Freundin seine Gedanken und Empfindungen gehörten. Er fühlte, daß sie seinem Dasein notwendig geworden. Was ihm seine verstorbene Gattin niemals hätte bieten können, Gleichartigkeit der geistigen Interessen, eine innere Gemeinsamkeit im höchsten Sinne, das trat ihm in der Jugendfreundin entgegen, und darauf verzichten zu sollen, erfüllte ihn mit quälendem Schmerz. Die Verstorbene war fast noch ein Kind, als er sie zum Altare geführt, und blieb es während der fünf Jahre, da er mit ihr glücklich gewesen. Auch seine Jahre gehörten damals noch dem Jünglingsalter an, und er entbehrte noch nichts dabei, wenn sie von seinen Arbeiten und seinen Studien nichts wissen wollte. Oder war er wirklich einmal ein wenig ungehalten, daß sie auch gar keinen Sinn für sein Innenleben hatte und nur ihr eigenes kleines spielerisches Dasein gelten ließ, so war doch der Unwille schnell vorüber, denn ihr Wesen war gar zu reizend, und er liebte sie von ganzem Herzen. Inzwischen hatte sich sein eigenes Wesen vertieft, sein Geist bereichert, und bei dem ersten Wiedererscheinen Adelheids wußte er, daß er in ihr die ebenbürtige Seele gefunden, deren er für sein ferneres Leben bedurfte. Wie hätte er sich mit dem Gedanken befreunden mögen, von ihr zurückgewiesen zu werden?

Inzwischen hatte Adelheid sich schnell und umsichtig in andere Kleider geworfen. Sie fürchtete nicht, durch das Abenteuer in Wind und Regen körperlich Schaden genommen zu haben, denn sie hatte von Jugend auf ärgere Stürme ertragen gelernt, war immer gesund geblieben und nie anders als gesund gewesen. Um so ängstlicher fühlte sie sich im Gemüt ergriffen. Wenn sie in der Hütte des Waldhüters durch einen einzigen Ausruf ihre Leidenschaft verraten hatte, so empfand sie, daß Metella ihr zugleich mit raschem Blick auf die Spur gekommen war. Und sie konnte es sich nicht mehr verhehlen, daß die immer bekämpfte Neigung zu einem leidenschaftlichen Sturm in ihrer Seele erwachsen war. Hoffnungsloser, so glaubte sie, je später es geschah, und je mehr sie selbst getan, den Freund von sich abwendig zu machen. Und als sie nun die Aufmerksamkeit ansehen mußte, mit welcher Holmar für Metella allein besorgt zu sein schien, sagte sie sich wieder: Da ist es, das immer Gefürchtete! Wo die Schönheit in meiner Nähe erscheint, gibt sie mir den Todesstreich! Nur für sie wird der Mann Augen haben! Die arme Eule mag ihren Flug wie immer vereinsamt durch die Welt richten! Und ist es ihm zu verargen? Habe ich nicht zweimal die gute Meinung seines Herzens zurückgewiesen! Mit elenden, aufgeputzten, leeren Verstandesworten – zweimal zurückgewiesen! Wenn er sich jetzt von mir wendet und das Schönere für sich begehrt, wie darf ich ihn tadeln? Und dennoch – die Verstandesgründe wollten eben auch dafür bei Adelheid nicht mehr Stich halten. Ein Strom von Tränen brach aus ihren Augen, sie fühlte sich in ihrem ganzen Wesen erschüttert.

Nach einiger Zeit trat die Aufwärterin ein und brachte die Nachricht, daß Metella krank sei, und man nach dem Arzte geschickt habe. Adelheid nahm ihre Fassung zusammen und beschloß hinüberzugehen.

Metella fühlte sich durch die erlittenen Anstrengungen körperlich wie gelähmt und lag, in warme Decken gehüllt, auf dem Sofa. Aber ihre Erschöpfung hinderte sie nicht vor aufregenden Gedanken. Daß Adelheid Holmar liebte, konnte ihr nicht unerklärlich erscheinen, aber sie grollte sich selbst, daß sie diese Neigung nicht früher entdeckt, sie grollte noch mehr, daß Adelheid sich damit vor ihr mit so viel Kunst versteckt hatte. Wenn sie dafür Holmars Aufmerksamkeit mit seiner Koketterie auf sich selbst zu lenken suchte, so erschien ihr dies vorerst als eine ganz berechtigte Strafe. Daß dieser Mann die Neigung einer Person wie Adelheid erwidern könne, war ihr ganz unwahrscheinlich – und doch machte ihr die Frage zu schaffen. Er gefiel ihr, und sie war Weltkind genug, für sich erobern zu wollen, was ihr gefiel. Unbekannt mit allem, was zwischen beiden sich bereits abgespielt, unbekannt mit einer vertiefteren Herzensneigung, gewohnt an nur oberflächliches Hinleben auch der Empfindungen, wollte sie ein Interesse nicht aufgeben, dem sie nun einmal Wert beigelegt hatte. Sie schätzte Adelheid aufrichtig, aber der Hoffnung, einen Triumph über sie zu feiern, konnte sie doch nicht entsagen. Ohne Adelheid als Nebenbuhlerin zu fürchten, war sie doch eifersüchtig auf sie, daß sie liebte, wo sie selbst – aber nein, diesen Schluß machte Metella eigentlich doch nicht! Denn ob sie diesen Mann liebe, so ernstlich liebe, daß sie für das Leben ihm hätte gehören mögen, die Frage lag noch außer dem Bereich ihres Denkens.

Adelheid trat ein, zugleich mit dem Arzte. Er zeigte sich über das verunglückte Fest unterrichtet, hatte sogar einige der dabei zu Schaden Gekommenen bereits in seiner Behandlung. Manches konnte er erzählen, was den Frauen bisher unbekannt geblieben. Ein eigentlich schweres Unheil sei noch glücklich verhütet worden, nur daß der russische Herr eine Rippe gebrochen und Graf Lindberg sich ein wenig am Fuße verletzt habe. An Folgen von Erkältung könne bei den kühnen Reiterinnen wohl hier und da noch etwas in Aussicht stehen. Metellas Zustand erklärte er für unbedenklich, verordnete ein leichtes Präservativ und riet ihr, zu Bette zu gehen. Nachdem er sich empfohlen, tauschten die Freundinnen nur wenige Worte. Sie hatten einander heut' nichts zu sagen und trennten sich.

Auf den schweren Gewittertag folgte eine Nacht, bald verdunkelt durch zerrissene Wolkenbildungen, die als Nachzügler dem Haupteer hastig folgten, bald von Sternen wieder durchglänzt, wie in der Menschen Träumen und Gedanken Finsteres und Freundliches miteinander wechselt. Frisch und kühl war der Morgen, und der Sonnenschein begann die letzten Spuren des Regens von den Gartenbäumen zu tilgen. Auch heut' schritt Adelheid schon früh durch die Kiesgänge, da Metella und Boso noch schliefen. Sie war, wie immer um diese Zeit, ungestört mit ihren Gedanken.

Da trat ein Bote zu ihr, welcher ihr einen Brief überreichte. Sie nahm ihn – und ein freudiger Schreck durchzuckte sie. Der Brief trug das Eulensiegel! Das beglückende Zeichen, unter dem sie in ihrer Jugend eine Fülle von Beseligung empfangen! Wie oft hatte sie Briefe mit dem Eulensiegel in den fernsten Gegenden von der Post geholt, Briefe, die sie nicht verbarg, noch zu verbergen brauchte! Heut' war es ihr wie einem siebzehnjährigen Mädchen, welches den ersten geheimnisvollen Brief empfängt, der streng verhehlt und nur bei verschlossener Tür erbrochen werden darf. Sie eilte in das entlegenste Boskett des Gartens, um ihn zu lesen. Holmar schrieb: »Wenn Sie diese Zeilen empfangen, bin ich bereits unterwegs, da ich nach M. reise, wo ich möglicherweise eine Woche bleiben muß. Meine Kinder sind zwar in der Familie Gebhart wohl aufgehoben, dennoch wäre es mir tröstlich, wenn Sie einmal nach ihnen sehen wollten. So viel, hoffe ich, werde ich als alter Freund von Ihnen noch erbitten dürfen. Auf Wiedersehen.«

Adelheid fühlte sich wie berauscht durch diese Zeilen, in welchen doch nicht viel stand. Aber er sprach von Wiedersehen! Noch niemals hatte sie einen Brief Holmals an die Lippen gedrückt, heut' tat sie es mit einem Gefühl der Dankbarkeit, der Freude, wie sie kaum noch empfunden hatte. Bald war sie gerüstet, im Hause Gebhart ihren Besuch zu machen und die Kinder zum Spazierwege mit sich zu nehmen.

Metella erhob sich gegen Mittag, sie fühlte sich nicht gerade unwohl, aber matt und verstimmt. Sie fragte, ob Besuch dagewesen sei. Nur Graf Lindberg hatte fragen lassen, wie sie sich befinde, und seinen Besuch in Aussicht gestellt, sobald sein Zustand es erlaube. Sonst war niemand dagewesen – Metella wunderte sich darüber. Adelheid kam zu Tische und schien recht heiter, worüber Metella noch verdrießlicher wurde.

Auch in den nächsten Tagen ging Adelheid ihrer Wege, ohne über Gehen und Kommen Rechenschaft zu geben. Sie brauchte es nicht, Metella aber empfand es wie eine Beleidigung, daß sie es nicht tat. Doch wußte sie sich Zwang anzulegen und schwieg. Mehrere Tage vergingen. Die Freundinnen, welche ganz unabhängig voneinander lebten, sahen sich wohl bei Tische, konnten es aber zu einer Unterhaltung, wie sie sie sonst geführt hatten, nicht bringen.

Am vierten Tage erschien Graf Lindberg, noch mühsam am Stocke gehend. Er sprach seine Beschämung aus über das verunglückte Fest, von der Verzweiflung der Unternehmer, die sich für das Mißlingen gleichsam verantwortlich fühlten. Er war allein mit Metella, sprach artig und gewinnend, und die junge Frau konnte nicht verkennen, daß er auch wohl noch wärmer zu sprechen beabsichtigte. Boso kam hereingesprungen, und auch mit ihm wußte sich der Graf in liebenswürdiger Weise abzugeben. Er bat um den Besuch des Knaben, und Metella mußte die gute Kameradschaft gestatten.

Als aber Metella am sechsten Tage der meldenden Dienerin lebhaft entgegensah und wie alle Tage hören mußte: Graf Lindberg gebe sich die Ehre, diese Rosen zu senden – Graf Lindberg bitte um die Erlaubnis, Boso da und dorthin mitnehmen zu dürfen – Graf Lindberg lasse fragen, ob die gnädige Frau – da verlor Metella die Geduld, und sie mußte sich wieder sagen, solch eine Aufführung wie die des Professors Holmar sei denn doch skandalös! Zu Mittag, als die Freundinnen ohne den Knaben (er war mit dem Grafen zu einem Vogelschießen in die Nachbarschaft gefahren) zu Tisch saßen, ließ Metella einige recht spitze Bemerkungen gegen die gute Lebensart der Herren Gelehrten fallen. Adelheid verstand sofort, brachte das Gespräch auf Holmar und erklärte, daß er nicht wie andere nur um gesellschaftlicher Zerstreuungen, sondern um wissenschaftlicher Beziehungen willen hierher gekommen sei, welche ihn auch bereits auf eine neue Reise fortgeführt hätten. Das letzte glaubte Adelheid getrost hinzufügen zu können, da sie einen solchen Zweck seines Ausfluges mit Bestimmtheit annahm.

»Verreist?« rief Metella überrascht. »So, so! Hat er Sie davon benachrichtigt?«

»Brieflich, ja!« entgegnete Adelheid. »Zugleich mit der Bitte, mich seiner Kinder anzunehmen. Ich tue das gern und gehe täglich mit ihnen ins Freie.«

Metella erwog im stillen, ob es ihr lieber gewesen, wenn er ihr die Kinder empfohlen hätte, und sie kam schnell zu der Überzeugung, daß es ihr schrecklich gewesen wäre, die beiden in Buben verkleideten Mädchen viel um sich zu haben. Adelheid eignete sich besser zur Aufseherin, das mußte sie eingestehen. Und als die Freundin sie aufforderte, sie auf ihrem Nachmittagsspaziergang mit den Kindern zu begleiten, dankte Metella, da sie Briefe schreiben wolle.

Das tat sie freilich nicht, obgleich sie sich sehr zu langweilen anfing. Da blieb nichts übrig, als einen Besuch zu machen. Schon war sie gerüstet, als sie durch die Gartenpforte jemand eintreten sah, der ihr vorkam, als müßte sie ihn schon einmal gesehen haben. Es war Herr Gebhart, welcher, nähertretend, sich ihr noch einmal vorstellte. Sie bat um Entschuldigung, ihn nicht gleich erkannt zu haben, und da es ihr in diesem Augenblicke von Interesse war, sich mit ihm einmal zu unterhalten, nötigte sie ihn, unter der Veranda Platz zu nehmen. Die schöne Frau war so artig, daß Gebhart sich durch sie lebhaft angeregt fühlte. Und als nun selbstverständlich die Rede bald auf Holmar kam, ließ er seiner Freundschaft, Verehrung, ja Bewunderung desselben die Zügel schießen. Er schilderte das Leben, Streben und Arbeiten des Freundes: wie er ganz und gar der Wissenschaft angehöre, wie nur diese allein Interesse für ihn hätte; wie das Leben und Treiben der Welt ihm gar nichts gelte, Gesellschaften ohne Wert für ihn seien, wie die Studien sein ganzes Innere ausfüllten. Die Nächte hindurch zu arbeiten, sich mit ein paar Stunden Schlaf zu begnügen, dann von früh bis spät seiner Lehrtätigkeit anzugehören, das sei ihm leicht und mache sein ganzes Glück aus. – So fuhr Gebhart fort, die großartige Weltverachtung und reine Gelehrtennatur des Freundes immer höher steigernd. Freilich ging er viel weiter, als er verantworten konnte, und zeichnete ein Bild des von ihm Bewunderten, über welches dieser vielleicht gelacht haben würde. Aber in seiner Hochachtung für die Bedeutung desselben verstand er sich für die Schilderung nur auf diejenigen Züge und Eigenschaften, die ihm selbst als die höchsten und verehrungswürdigsten erschienen. Metella verfolgte seine Rede mit Erstaunen, und ein Lächeln des Mitleids ging durch ihr Antlitz. »Aber verzeihen Sie, gnädige Frau,« begann Gebhart wieder, »mein Besuch galt eigentlich Fräulein Pistorius.« Metella erhob sich freundlich und benachrichtigte ihn, daß Adelheid ausgegangen sei. »O, dann kann ich es auch wohl an Sie ausrichten, gnädige Frau!« sagte Gebhart. »Holmar schreibt mir, er werde möglicherweise ein paar Tage länger ausbleiben, ich solle inzwischen mich einmal nach Fräulein Pistorius erkundigen und ihr einen Gruß bringen.«

Herr Gebhart war kein Diplomat, noch auch sich einer diplomatischen Sendung bewußt. Er kannte nicht die älteren Beziehungen Holmars zu Adelheid, er kannte die letztere nur als die angenehme und gelehrte Dame (als solche hatte der Freund sie ihm bezeichnet), welche täglich aus seinem Hause Holmars Kinder zum Spaziergang abholte. So konnte er ja wohl der schönen Frau, die er schon in der Gesellschaft des Fräulein Pistorius gesehen hatte, seinen Auftrag anheimgeben. Sie versprach ihn auszurichten, und entließ ihn freundlich herablassend.

Metella machte den beabsichtigten Besuch fürs erste nicht, sondern zog es vor, sich eine Weile allein in dem engeren Bereiche des Gartens zu ergehen. Die Schilderung eines Gelehrtenlebens, wie sie sie eben empfangen, machte sie nachdenklich. Es erschien ihr unsagbar dürftig, arm, farblos und in keinem Sinne anziehend. Ein solches Dasein teilen zu müssen – die Aussicht hätte etwas Grausenerregendes für sie gehabt. Und merkwürdig war ihr, daß ein so stattlicher Mann sich in solcher Staub- und Moderluft wohl fühlen, daß er darin gedeihen konnte. Und sie kam mittlerweile zu der Ansicht, daß dieser Mann auch sonst wohl einen schlechten Geschmack haben möge. Daß seine Beziehung zu Adelheid auf etwas mehr als bloßer Jugendfreundschaft beruhen müsse, wurde ihr immer deutlicher. Zwar regte sie es auf, daß sie seinen ersten Besuch und seine Hilfe beim Gewitter in erster Reihe auf sich selbst bezogen hatte, aber je mehr sie die Dinge betrachtete, kam sie zu der Überzeugung, daß sie sich eine Blöße doch eigentlich nicht gegeben. Das bißchen Koketterie verstand sich ja von selbst. Etwas davon konnte man auch einmal an einen Gelehrten oder Schulmeister wenden. Überdies war Metella im Innersten doch eine gutmütige Seele. Wenn Adelheid glücklich werden konnte, warum sollte sie es ihr nicht gönnen? Und warum sollte es denn nötig sein, daß Adelheid nur einen mordhäßlichen oder uralten Mann heiratete? Sie fühlte plötzlich wieder herzliche Neigung für die Freundin und beschloß, sich ihrer Sache anzunehmen.

Metellas Mädchen kam mit einem resedafarbigen Billett, welches der Jäger des Grafen Lindberg, der zugleich Boso zurückgebracht, übergeben hatte. Der Graf bat sich die Erlaubnis aus, ihr am anderen Morgen seine Schwester, die Stiftsdame von A., welche vor einer Stunde angekommen, vorzustellen. Metella gab die Zeit an, wo sie zum Empfang der Gäste bereit sein werde, und hörte darauf dem Geplauder Bosos zu, welcher Wunderdinge zu erzählen hatte. Tags darauf aber schmückte sie sich zum Empfang des Grafen und der Stiftsdame auf das sorgfältigste und schönste und sah bezaubernd aus.

Eine Woche war nach der Abreise Holmars vergangen. Jeden Tag wanderte Adelheid mit den Kindern in den Wald. Dort lagerte man sich an einsamen Stellen, sie erzählte Geschichten, hatte auch wohl ein Buch bei sich, aus welchem sie eine hübsche Geschichte lesen ließ oder selbst vorlas. Man sammelte Blumen, jagte und tummelte sich, und Adelheid war von diesen Genüssen so beglückt, daß sie die Stunde oft ungeduldiger erwartete als die Kinder. Heut' aber führte sie ihre Pfleglinge zu einem besonderen Festtage hinaus, denn es war ein in ihrem Leben unvergeßlicher Jahrestag. Sie hatte sie für den ganzen Tag mitgenommen. In einer Mühle gab es ein einfaches Mittagsmahl, und Wiesen, Wald und Hügel lagen in erquickender Stille. Auf einer Anhöhe am Waldessaum sitzend, blickte sie über das anmutige Bild, während die Kinder den Anger hinuntergesprungen waren, da es am Wiesenrande schönere Blumen gab, denn sie wollten einen Kranz winden.

Adelheid ließ die Gedanken in die Vergangenheit schweifen. Heut' war die Wiederkehr des Tages, da sie mit Holmar zuerst in Sturm und Schneegestöber auf Alpenhöhen zusammengetroffen war, des Tages, den sie als den Wendepunkt ihres ganzen inneren Daseins betrachtete. Er war ihrem Leben ein Festtag, den sie im stillen immer gefeiert hatte, selbst in Zeiten, da sie hart und streng gegen sich mit Freuden und Hoffnungen gebrochen zu haben glaubte; es war der Geburtstag ihres Gemütes, der ihr nicht aus der Erinnerung kam. In wie verschiedenen Gegenden der Welt, in welchen Lebenslagen, in welchen Stimmungen hatte sie ihn schon gefeiert! Immer älter fühlte sie sich geworden, unendlich weit schien jenes erste Erlebnis in die Vergangenheit zu rücken! Gescholten und getadelt hatte sie sich, daß an diesem Festtage ihre alten Empfindungen immer noch erwachen wollten, während sie sich das ganze Jahr über dagegen gesichert glaubte. Heut' schalt und tadelte sie sich nicht und lebte getrost ihren Erinnerungen. Gescholten und getadelt hatte er sie, daß sie ihr inneres Leben freventlich zerstöre durch Härte gegen sich selbst, und sie atmete auf bei dem Gedanken, daß er es anders verlange, daß sie nicht alt, daß sie noch jung sein sollte! Wie war es nur möglich gewesen, fragte sie sich selbst, sich immer so alt zu fühlen? Heut' war ihr jung zumute, von Herzen jung; jung für die Kinder, jung für sich selbst und jung – nun jedenfalls für Gottes schöne Welt! Und wie sie da saß, heiter um sich blickend, sah sie auch aus wie ein junges Mädchen.

Da erhoben die Kinder von der Wiese her ein Freudengeschrei und kamen den Hügel herauf. »Titus! nicht so laufen!« rief eine männliche Stimme hinter Adelheid, deren Klang sie freudig durchschauerte. Sie sprang auf und schritt Holmar entgegen, der von der Mühle hergekommen war. Er schüttelte ihr herzhaft die Hand und umarmte seine Kinder, von welchen er den eben fertig gewordenen Kranz zum unverhofften Willkommen empfing. Nachdem er sich hatte berichten lassen, wie sie inzwischen gelebt, und selbst einige kurze Mitteilungen über seinen Ausflug gegeben, sagte er: »Und nun, Titus und Puck, geht nach der Mühle und bestellt uns ein Abendessen! Helft der Frau Müllerin ein wenig dabei! Wir kommen bald nach!« Die Kinder sprangen davon, er aber fuhr fort: »Einen Augenblick lassen Sie uns noch rasten!« Er lagerte sich auf das blühende Heidekraut am Abhang. Adelheid nahm zwei Schritte von ihm auf einer Rasenstufe Platz. Der Kranz lag zwischen ihnen.

»Adelheid!« begann er, »wissen Sie, was heut' für ein Tag ist?«

»Der zwanzigste August,« entgegnete sie.

»Ja, aber für uns bedeutet er auch etwas! Heut' vor vierzehn Jahren sahen wir uns zum ersten Mal!«

»Holmar! Das haben Sie nicht vergessen?«

»Wie sollte ich! Und ist es nicht ähnlich heut' wie damals? Auf dem Hügel sitzen wir und blicken hinaus in die Landschaft. Wir hatten an jenem Tage schnell Bekanntschaft gemacht, wir waren sogar miteinander ein bißchen durchgegangen. Ich holte Ihnen Alpenrosen – wissen Sie noch?«

»Die Reste des Straußes bewahre ich noch heut', und den Tag feiere ich in jedem Jahre!«

»Die Erinnerung war mir stets geblieben,« sagte Holmar wie aus brütendem Nachsinnen heraus. »Aber neue Eindrücke verschleierten sie. Hier ist ein Geständnis unnötig, mein Handeln hat es bewiesen. Ich war zu jung und unstet, um innerlich schon etwas zu erfahren. Ich lernte nach Jahren diejenige kennen, welche mein Weib wurde, und ich liebte sie sehr. Ich verlor sie, und war sehr unglücklich!«

Holmar schwieg eine Weile, und Adelheid wendete ihr Gesicht nach der Seite, um ihre hervorquellenden Tränen zu verhehlen. Dann begann er von neuem: »Jahre vergingen, da kamen Sie in mein Haus als Hilfebringerin, als guter Geist. Sie brachten mir die Jugenderinnerungen wieder, Sie brachten mir mehr, viel mehr, und ich erkannte, daß ich durch Sie ein neues Leben, alles, alles empfangen konnte. Sie widerstrebten meinen Wünschen. Das war Klugheit und Stolz, Adelheid, aber Sie durften auch wohl noch klüger und stolzer sein. Es gibt auch eine Schönheit des Gemüts, welche die der äußeren Wahrnehmung nicht zu scheuen hat. Schönheit und Jugend! sind sie denn vergänglich? Wer beide empfindet, hat beide. Vierzehn Jahre sind vergangen, seit wir zum ersten Mal so zusammensaßen. Sind wir darum alte Leute geworden? Adelheid, ich glaube, wir sind noch sehr jung! Jung genug, um etwas zu wagen. Man wagt, wozu man die Notwendigkeit in sich fühlt. Ich sage Ihnen heute zum dritten Mal, daß ich Sie liebe und Ihre Hand begehre. Weisen Sie mich heute ab, so komme ich zum vierten Mal, zum fünften, sechsten Mal, und so lange, bis Sie die Überzeugung haben, daß ich nicht abzuweisen bin. Denn ich sage Ihnen, Adelheid, Sie müssen mein Weib werden – Sie müssen!«

»Holmar!« begann sie in tiefster Bewegung. »Ich glaube auch, daß ich es muß! Seit ich das Eulenzeichen aus unserer Jugend wiedersah, wußte ich, daß ich es muß! Nicht der Überredung weichend, nein, erweckt vom tiefsten Rufen in meiner Seele! Ja, ich bekenne es, grenzenlos elend wäre ich gewesen, hätte mir das Zeichen, das Sie mir nochmals gegeben, nicht eine Hoffnung übrig gelassen!«

Er sprang auf und bedeckte ihre Hand, die sie ihm darreichte, mit heißen Küssen. Dann nahm er den Kranz, setzte sich neben sie und drückte ihn auf ihr Haupt. »Nimm ihn!« sagte er. »Es ist meine erste Gabe – meine Kinder haben ihn gewunden, und ich – habe in dieser Stunde nichts Besseres!«

Adelheid zitterte vor Glücksgefühl, und der verklärte Glanz ihrer Züge gab ihr einen Ausdruck, daß sie mit Schöneren wetteifern konnte. »Es ist der erste Kranz, den ich trage!« entgegnete sie. »Ich will ihn behalten, da er deine erste Gabe ist. Aber er macht mich demütig in meinem Glücke – tief demütig!«

»Stolz will ich dich!« rief er. »Stolz darfst du sein, Adelheid!«

»So will ich es, Holmar! Stolz auf dich, auf mein Glück – mein unerhörtes Glück!«

Sie waren aufgestanden, und Adelheid schlang ihre Arme um den Hals des geliebten Mannes, der sie noch mit dem Entzücken des Jünglings umfing.

Am Waldesrande dahinschreitend, ließen sie im Gespräch an sich vorübergehen, was sie erlebt, was sie noch zu erleben hofften. »Eins versprich mir!« rief Adelheid; »meine erste Bitte!«

»Sie ist schon gewährt!«

»Laß die Kinder bald wieder aus der Hülle schlüpfen, die ihnen nicht gebührt! Sie sind ja nicht in der gleichen Lage wie ich, da ich in meiner Eulentracht mich von allem Weiblichen entfernen mußte; aber dennoch, laß sie wieder Mädchen sein!«

»Sie sind dein!« rief er fröhlich. »Erziehe sie! Kleide sie! Was du tust, wird das Richtige sein. Da kommen sie angesprungen! Wir zögern ihnen zu lange. So laß uns als glückliche Leute zusammen den Jahrestag unserer Erinnerung feiern, zugleich den Jahrestag unserer Vereinigung für alle Zeiten!«

Über tredition

Eigenes Buch veröffentlichen

tredition wurde 2006 in Hamburg gegründet und hat seither mehrere tausend Buchtitel veröffentlicht. Autoren veröffentlichen in wenigen leichten Schritten gedruckte Bücher, e-Books und audio-Books. tredition hat das Ziel, die beste und fairste Veröffentlichungsmöglichkeit für Autoren zu bieten.

tredition wurde mit der Erkenntnis gegründet, dass nur etwa jedes 200. bei Verlagen eingereichte Manuskript veröffentlicht wird. Dabei hat jedes Buch seinen Markt, also seine Leser. tredition sorgt dafür, dass für jedes Buch die Leserschaft auch erreicht wird.

Im einzigartigen Literatur-Netzwerk von tredition bieten zahlreiche Literatur-Partner (das sind Lektoren, Übersetzer, Hörbuchsprecher und Illustratoren) ihre Dienstleistung an, um Manuskripte zu verbessern oder die Vielfalt zu erhöhen. Autoren vereinbaren direkt mit den Literatur-Partnern die Konditionen ihrer Zusammenarbeit und partizipieren gemeinsam am Erfolg des Buches.

Das gesamte Verlagsprogramm von tredition ist bei allen stationären Buchhandlungen und Online-Buchhändlern wie z. B. Amazon erhältlich. e-Books stehen bei den führenden Online-Portalen (z. B. iBookstore von Apple oder Kindle von Amazon) zum Verkauf.

Einfach leicht ein Buch veröffentlichen: **www.tredition.de**

Eigene Buchreihe oder eigenen Verlag gründen

Seit 2009 bietet tredition sein Verlagskonzept auch als sogenanntes "White-Label" an. Das bedeutet, dass andere Unternehmen, Institutionen und Personen risikofrei und unkompliziert selbst zum Herausgeber von Büchern und Buchreihen unter eigener Marke werden können. tredition übernimmt dabei das komplette Herstellungs- und Distributionsrisiko.

Zahlreiche Zeitschriften-, Zeitungs- und Buchverlage, Universitäten, Forschungseinrichtungen u.v.m. nutzen diese Dienstleistung von tredition, um unter eigener Marke ohne Risiko Bücher zu verlegen.

Alle Informationen im Internet: **www.tredition.de/fuer-verlage**

tredition wurde mit mehreren Innovationspreisen ausgezeichnet, u. a. mit dem Webfuture Award und dem Innovationspreis der Buch Digitale.

tredition ist Mitglied im Börsenverein des Deutschen Buchhandels.

Dieses Werk elektronisch lesen

Dieses Werk ist Teil der Gutenberg-DE Edition DVD. Diese enthält das komplette Archiv des Projekt Gutenberg-DE. Die DVD ist im Internet erhältlich auf **http://gutenbergshop.abc.de**